Since my previous life was a wise man, I can afford to live

Shichio Kuzu × Tetsuhiro Nabeshima

〈3〉

生まれた直後に捨てられたけど、前世が大賢者だったので余裕で生きてます

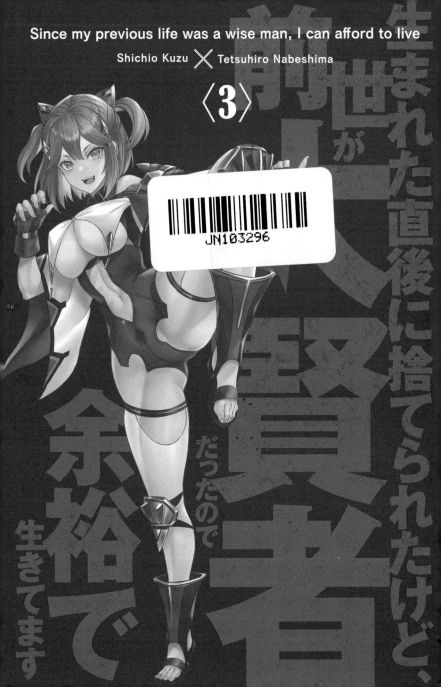

「こ、これがリルの本来の姿!?」
リルの身体が瞬く間に膨張し、全身が白銀の毛で覆われていく。そうして姿を現したのは美しい巨狼だった。
「大きい」
「あれがフェンリル……なんて強さなのよ……?」

「まったく、レウスは本当に胸が好きなんだな。まぁ英雄色を好むというし、君ほどの男児ならこの年齢で女の身体を求めてもおかしくはないか」

「ひゃっほ〜〜〜っ! ここはおっぱい天国だああああああっ!」

「うふふ、わたくしたちの命を救ってくれたお礼ですの。たっぷり堪能してくれていいんですのよ?」

「これくらい安い安いもの」

Since my previous life was a wise man, I can afford to live
Shichio Kuzu × Tetsuhiro Nabeshima

Since my previous life was a wise man, I can afford to live

characters

ファナ

無口で無表情な女冒険者。割と変わった性格で偶然拾ったレウスの力を素直に受け入れ、「師匠」と呼ぶようになる。

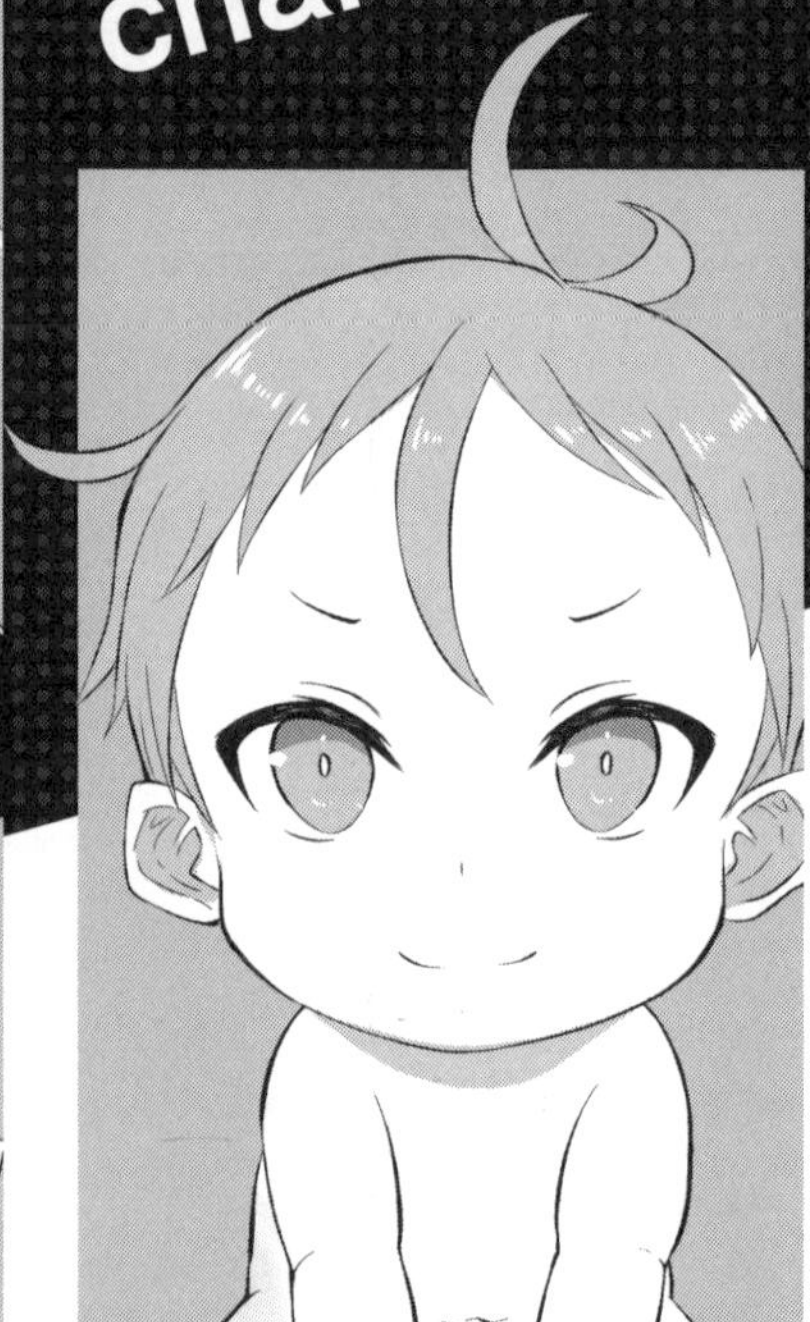

アンジェ

ファナをライバル視するアマゾネスの冒険者。同じAランクで、ファナを出し抜きたくてたまらない。お胸がとても大きい。

レウス

大賢者アリストテレウスの生まれ変わった姿。名門ブレイゼル家に生まれるも、魔力測定器の設計ミスで才能なし、と誤判定され捨てられてしまう。リントヴルムや狼かーちゃんのおかげで生き延び、ファナに拾ってもらう。

コレット

ボランテの街で冒険者試験を受けたときに出会った少女。治癒魔法が使える。お胸が大きい。

イリア

ボランテの街のギルド受付嬢。レウスの規格外さに毎回驚かされている。

リントヴルム

レウスが前世から愛用している最強の聖竜杖。先端には竜の頭部を模した意匠が施されている。常に冷静沈着。

バハムート

レウスのもう一本の愛杖──闇竜杖。めちゃくちゃ感情的かつヤンデレ気質。

ゼタ

ベガルティアの街で出会った腕利きの鍛冶師。

フェンリル(リル)

本作でレウスに手懐けられる、神話級の魔物フェンリルが人化した姿。

クリス

ブレイゼル家の遠縁出身。実家を出て冒険者に。

【これまでのあらすじ】

大賢者アリストテレウスは死の間際に転生の大魔法を使い、
レウスとして名家ブレイゼル家に生まれる。
しかし測定器の設計ミスで魔力値が低いと勘違いされ捨てられてしまう。
さすがの大賢者も赤子の魔力と体力では……というピンチを、
愛杖リントヴルムや狼かーちゃんのおかげで切り抜け、
生後2ヶ月程度の見た目まで成長する。
会話も歩行も飛行も可能になり、目指したのは冒険者の街ボランテ。
偶然通りかかった冒険者ファナにお世話してもらいながら、
レウスは規格外の強さを放ち、異例のBランクから冒険者ライフをスタート。
オークジェネラルやワイバーンを秒で倒したり、赤子誘拐事件を解決したりと大忙し。
しかもレウスの「身体強化魔法＝治療」でレベルアップしたことをきっかけに、
ファナはレウスを師匠と崇めはじめる。
そこへファナの旧知の冒険者アンジェまで加わって、
レウスは二人を弟子にしたような形になり、それぞれ鍛錬を積んでいく。

ある時、レウスの「治療」がギルド内で評判となりひっぱりだこになってしまい、
困ったレウスは後任を育てることに。
コレットに治療法をあっさりと伝授し、ボランテの街を去ってしまう。
向かった先は大都市ベガルティア。
レウスは「目立たないように」ファナとアンジェのAランク昇格試験に付き添いの形で参加するが、
そこでも規格外の強さを見せつけ、反冒険者ギルド組織「リベリオン」の幹部の逮捕に貢献。
その後ベガルティアの街で鍛冶師ゼタと出会い、
秘術に近い魔法を彼女に授け、無自覚に影響力を増していく。
一方、「リベリオン」の元幹部処刑をきっかけに、冒険者ギルドはアンデッドの集団に襲われる危機に陥る。
レウスはアンデッドたちを操っていた黒幕である高位魔族を
闇竜杖バハムートと聖竜杖リントヴルムの力を借り、こっそり撃破。
ファナとアンジェもワイトキング化していたアンデッドを打倒し、
ベガルティアの街に再び平和が訪れる。しかし事態の収拾について疑問を持つギルド長に呼び出され、
レウスは全てを「謎の黒いドラゴン」のおかげだと白を切るのだった。
ようやく生後5か月程度の見た目まで成長したレウスだったが――

プロローグ

ベガルティアの冒険者ギルド、そのギルド長室で、三人の男女が話をしていた。

「しかし本当に何者なのだ、あの赤子は……。ボランテのギルド長から聞いていた以上だ」

「そういえば、最近そのボランテからこの街に来る冒険者が増えていますね」

ギルド長であるアークの言葉に、Aランク冒険者のゲインが頷《うなず》く。

「そうなのだ。それまで大した実績もなかった冒険者たちが急に力を付けて、この都市に挑戦してきているらしい」

ここベガルティアは冒険者の聖地と呼ばれている。

多くの冒険者にとって憧れの地である一方で、王都に匹敵するほど物価が高く、下級冒険者が少ない稼ぎで暮らしていくにはなかなか厳しい都市だ。

そのため他の街で十分な経験と実績を積むなどして、それからこの都市に挑むというのが、この国の冒険者界のスタンダードとなっていた。

「それ自体は喜ばしいことではあるが……明らかに多すぎる」

「そのボランテから来たって子から聞いたんだけど、なんでも、受けるだけで簡単に強くなれる治療があるんだってー」

「何だ、そのいかにも怪しい話は……」

同じくAランク冒険者であるエミリーの話に、ゲインが顔を顰《しか》めるが、アークはすでにその情報も摑《つか》んでいるようで、

「それが、どうやら最近ボランテから来た冒険者たちは、ほぼ例外なくその治療とやらを受けているらしいのだ」

「で、では、本当にそれで強く……？」

「俄《にわ》かには信じられないが……ボランテのギルド長ドルジェも、それで実際に強くなったと本人から報告を受けている。何なら若い頃より調子が良いくらいだと。ギルド長を辞めて、もう一度現役の冒険者をやりたいとまで言い出していて、困っているところだ」

ボランテのギルド長は元Aランク冒険者だが、現役を引退してすでに十年以上は経っているはずだった。

「その現役時代より……一体どんな治療を……」

簡単に強くなれるというのが本当なら、自分もぜひ受けてみたいものだと思うゲインである。

彼自身、Aランク冒険者として活躍しているが、ここ最近の事件を通して、ちょうど己《おのれ》の未熟さを痛感していたところだった。

トントン。

「む？　今は会議中だが……何の用だ？」

そのとき部屋のドアがノックされて、アークが応じる。ドアが開き、職員がおずおずと部屋に入ってきた。

「し、失礼します！　ギルド長、お客様がお越しですが、いかがいたしましょうか……？」

「客？　この時間にアポなど入っていなかったはずだが」

「は、はい。ですので、ひとまず事情だけ伺い、後日改めて、と思ったのですが……ボランテのギルド長からの紹介状を持っておられまして」

「ドルジェの？　こ、これは……っ!?」

職員から差し出されたその紹介状に目を通し、アークは驚く。そして職員に命じた。

「すぐにその客をここに通してくれ！」

「か、畏《かしこ》まりました」

一体どうしたのだろうかと目を見合わせるゲインとエミリーに、アークが説明する。

「どうやらその治療を行っているという人物が、俺に会いに来たらしい」

「「えっ？」」

噂《うわさ》をすれば影、という言葉があるが、あまりにも絶妙なタイミングだった。

果たして一体どんな人物なのか、本当にそんな治療があるのか、気になって仕方がない彼らのところへ姿を見せたのは、随分とオドオドした少女だった。

「あ、あの……コレット、と言います……」

緊張からか震える声で自己紹介してくる彼女は、せいぜいまだ十代の半ばから後半くらいだろう。

こんな気弱そうな少女が？　と疑問符を浮かべる彼らの前に、続いてもう一人、長身の少女が部屋へと入ってきた。

こちらも若いが、先の少女と違ってしっかりしていそうだ。もしかしたら彼女の方が件《くだん》の人物かもしれない。

「……俺がギルド長のアークだ。ボランテで特殊な治療を行っていたというのは君か？」

「いや、私はただの彼女の付き添いで、Bランク冒険者のクリスだ」

クリスと名乗った長身の少女が、代わりに事情を教えてくれた。

気弱そうに見える最初の少女コレットこそが、間違いなく件の人物で、ボランテの街で「人を簡単に強くさせる治療」を施していたという。

だがすでにボランテを拠点としていた冒険者の、ほぼ全員の治療を終えてしまった。そこで新天地を求め、ここベガルティアへとやってきたらしい。

「というわけで、ぜひこの街でも冒険者たちへの治療を許可してもらえたらと思っている」

クリスがそう希望を口にすると同時、それまでただオドオドするだけだった少女が、いきなり叫んだ。

「あ、あたしっ……もっと多くの人にっ……この治療を施したいんです……っ！　だからぜひお願いします……っ！　ハァハァ……」

その目はギンギンに見開かれ、鼻息はやたらと荒い。何か危険な中毒症状でも起こしているかのような少女の迫力に、アークたちは思わず後退《あとずさ》るのだった。

「「「（だ、大丈夫なのか、この子……）」」」

第一章　未確認師匠

師匠がボランテの街を去ってしまい、たった一人で魔力回路の治療をする羽目になってしまったコレット。

最初は非常に心細かったが、すぐにそんな気持ちなど吹き飛んでしまった。

治療を受けた冒険者たちが、驚くほど喜んでくれたのだ。

「先生のお陰でランクが上がったよ！」

「俺もだ！　もう何年も足踏みしてて、ここが自分の限界だって思っていたのに……それがあの治療を受けて、あっという間にその限界を超えちまった！」

「人生が変わった！　コレット先生には感謝してもし切れねぇぜ！」

今までこんなに人から喜ばれ、感謝を述べられたことなんてなかった。

「あたしが……ここまで人のためになれるなんて……」

そのことに感動を覚えるコレット。

そしてこれこそが自分の天職に違いないと気づいた彼女は、ひたすら治療に没頭した。

次から次へと彼女の施術を受けようとやってくる冒険者たちに、朝から晩まで治療を施し続けたのだ。

もはやお金のことなどどうでもよくなっていた。

ただただ、もっと多くの人にこの治療を受けてもらいたい。

その一心で頑張り続けた結果、あっという間にボランテを拠点としていた冒険者たち全員に、治療を施し終えてしまったのである。

そこで彼女は、冒険者の聖地とされるベガルティアへとやってきたのだ。ここならもっと大勢の冒険者がいるはずだった。

念のためボランテのギルド長に紹介状を書いてもらっており、まずはそれを携《たずさ》えて、ベガルティアを治める冒険者ギルドへと直談判《じかだんぱん》に来たのである。

ボランテのときと同じように、できれば冒険者ギルドの公認を貰いたかった。

「どうか、この街での治療を許可してください……っ！　ハァハァハァ……」

旅の途中、治療を行っていなかっただけで気持ちが落ち着かず、息が荒くなってしまうコレット。

……もはやほとんど中毒状態である。

「し、心配は要らない。ボランテのギルド長にも認められた、確かな治療だ」

小柄なギルド長が「だ、大丈夫なのか、この少女……」と完全に引いている中、クリスが慌ててフォローする。

彼女はボランテの街でコレットの治療を受けた冒険者の一人で、ちょうど同じタイミングでベガルティアに行こうとしていたため、護衛も兼ねて同行してくれたのだ。

「もちろん私も受けて、劇的に変わった実感がある」

「……とりあえず、具体的にどのような治療を施すのか教えてもらえるだろうか？」


「なるほど、魔力回路の治療か……」

詳しい説明を聞き終えたアークは、神妙な顔で呟《つぶや》く。

当初は何とも怪しげな話だと思っていたが、聞いてみれば意外と理屈が通っていた。

「確かに魔力には流れがある。しかしまさか、その流れそのものを人為的に調整することが可能だとは……」

もし効率よく魔力を扱うことができるようになれば、魔法使いのみならず、前衛職などにも役立つはずだった。

「よし、ならばまず俺が試しに受けてみよう」

「ぎ、ギルド長自ら？　それなら、我々が……」

「心配は要らん。どのみちすでに引退した身だ。未来あるお前たちより適任だろう」

自ら被験者を買って出るアーク。

そうして治療を受けることになったのだが、

「ハァハァ……そ、それでは……治療を始めますね……ハァハァ……」

「ほ、本当に大丈夫なのだろうな……？」

医務室のベッドの上に半裸で寝かせられたアークを見下ろし、興奮したように少女が呼吸を荒くしている。もし二人の配置が逆だったら、完全にアウトな光景だろう。

一方、ゲインたちは医務室の外に待機させられていた。

Bランク冒険者の少女クリスが言う。

「たとえ中から変な声が聞こえてきても、あまり気にしないように願いたい。治療に伴うものだからだ」

「……もしかして痛みを伴うのか？」

「うわー、それはちょっと怖いかもー」

「いや、痛みではない。伴うのは……快感だ」

「「へ？」」

そのやり取りの直後、部屋の中から響いてきたのは、

「んあああああああ〜〜〜〜っ♡」

とてもギルド長の発したものとは思えない、艶《なま》めかしい声だった。

ゲインとエミリーは顔を見合わせ、同時に呟く。

「……聞かなかったことにしよう」

やがて治療が終わり、医務室に入ったゲインたちが見たのは、ベッドの上でぐったりした様子のギルド長だった。

なぜか股間を両手で押さえ、顔を赤くしている。

「こ、この歳《とし》になって、まさかこんなに大きくなるとは……ハァハァ……」

「ハァハァ……久しぶりの治療……やっぱり、凄《すご》くよかったです……」

一方、コレットの方も頬《ほお》を紅潮させていて、まるで情事の後の男女のようである。

ちなみにアークは見た目の割にすでに六十を過ぎているので、二人の年齢は親子どころか、祖父と孫ほども離れている。

「ええと、どうですか？　魔力の流れが良くなったのを感じられると思います」

「う、うむ」

まだ股間を押さえたまま、アークが身体《からだ》を起こす。

「た、確かにっ……今までより、はっきりと魔力の流れを感じることができるぞ……っ！」

そのことに興奮したのか、拳《こぶし》を握って両手を上げるアーク。

全員の視線がその下半身に集まった。

「「あ……」」

「はっ!?」

膨らんだ下腹部を慌てて隠しながら、誤魔化すようにアークは訊《き》いた。

「し、しかし、一体どうやってこんな治療法を……？」

「ええと……それは言えない約束なんです」

「ということは、つまり自分で編み出したというわけではないのか？」

「は、はい……その、師匠に、教えてもらったんです……」

確かにこんな若い少女が、自らこのような治療法を生み出したとは考えづらい。

「その師匠というのは……いや待て。つい先日まで、あの赤子はボランテの街にいた……まさか……」

彼の頭にある考えが浮かんだ、そのとき。

「も、申し訳ありません、ギルド長。またお客様が……」

先ほどの職員が再び声をかけてくる。こちらが医務室に移動したせいか、あちこち捜し回ったらしく肩で息をしている。

「今度は誰だ？」

「それが、鍛冶《かじ》師のゼタ氏でして」

「ゼタが？」

アークもよく知る女鍛冶師だった。

腕のいい鍛冶師が多くいるこのベガルティアにあって、若くしてそのトップに立つとまで謳《うた》われるほどの天才職人である。

武具を打つ相手を選ぶ偏屈な人物ではあるが、この都市のAランク冒険者の大半が彼女に世話になっていた。

アークが武器として使っている槍《やり》やゲインの剣も、彼女に打ってもらったものだ。

「一体何の用だ？」

「実は、過去に自分が作った武具を回収させてほしい、と仰《おっしゃ》っていまして……」

「……どういうことだ？」

「代わりに新しく打ったものを無償で提供したい、と。あんなゴミクズ同然の武具を平然と作っていたことが、恥ずかしくて仕方がないとか……」

ますます意味が分からず、揃《そろ》って首を傾《かし》げる。

彼女の武具は非常に優秀で、彼らはその性能に満足しているのだ。

「それがゴミクズ同然……？」

この治療法を編み出したという人物のことも気になるが、先にこちらに対応しておいた方がよさそうだと、アークは直感的に思った。

「と、とにかく、ギルド長室に通してもらえるか？　すまない、ええと……コレット、だったか？　君も治療で疲れただろう。詳しい話は少し休憩してから聞かせてもらうとしよう」

そうしていったん二人の少女と別れて、アーク、ゲイン、エミリーの三人は、医務室からギルド長室へと戻ってきた。

すぐにゼタがやってくる。

「職員から話は聞いたが……改めて詳しく聞かせてもらえるだろうか？　正直、いまいち要領を得なかったものでな」

「ああ。だがその前に、アタシが作った槍を見せてくれないか？」

「む？　もちろん構わないが……」

ゼタに槍を手渡すアーク。

三年ほど前に打ってもらった槍で、それ以来、ずっと愛用している代物《しろもの》だ。

それを受け取ったゼタは、大きく顔を歪《ゆが》めた。

「くっ……何だ、この駄作は……っ!?　アタシは今まで、こんなもんを平然と顧客に使わせてたってのかよっ!?　ああっ……穴があったら入りたいってのはこのことだぜ……っ！」

そして憤ったようにその槍を地面に叩きつけると、何を思ったか、腰に下《さ》げていた剣を抜いて、それを地面に転がる槍に振り下ろそうとした。

「お、おいっ、何をするんだっ!?」

アークが慌てて後ろからゼタを羽交い締めにし、どうにか押さえ込む。

ゼタが叫んだ。

「放してくれ！　ちゃんとした槍を無償でやるから！　だからこいつは破壊させてくれ！　こんな

槍が存在しているなんて、アタシのプライドが許さねぇんだよ！」

「お、落ち着け！　言っていることの意味が理解できん！　この槍のどこがダメだというんだ!?」

「全部だ……っ！　何から何まで全部最悪なんだよっ！　んのっ！」

「っ……」

物凄い力で無理やり振り払われるアーク。

次の瞬間、ついにゼタの剣が槍へと振り下ろされ、刀身が柄《つか》に直撃する。

バキンッ!!

柄が真っ二つに折れてしまった。

一方、ゼタの持つ剣の方はまったくの無傷である。刃毀《はこぼ》れ一つしていない。

それはすなわち、アークが使っていた槍よりも、ゼタが手にした剣の方が、遥かに高い性能を有しているということで。

「……ど、どういうことだ？　ミスリル製の槍だぞ？　それがこんなに簡単に……」

そこでアークはハッとした。

ゼタが手にしているその剣に、視線が吸い寄せられてしまう。

「な、何だ、その剣は……？　ミスリル製……？　だがその輝きは……」

「これで一本……。次はそっちだ！」

驚嘆するアークを余所《よそ》に、ゼタがゲインを睨《にら》みつける。

いや、睨んでいるのは彼が腰に下げている剣だ。

「そいつを貸しやがれ！　さもなければ、テメェごと叩き斬《き》ってやるっ！」

「ちょっ、待て……」

問答無用に躍りかかってくるゼタに、ゲインは慌てて剣を抜いた。

それもまたゼタが作ったミスリル製だったが、
バキィイイインッ!!

ゼタの剣を受けると、容易《たやす》く両断されてしまう。

「ハァハァ……これで、よし、と」

満足げに頷くゼタ。アークたちは呆気《あっけ》にとられるしかない。

「な、なんて剣だ……ミスリル製の槍と剣を、あっさり破壊してしまうなんて……」

「ああ、心配すんな。この剣も失敗作だ。アンタたちに渡すのはこっちだよ」

「「失敗作!?　それが!?」」

驚く彼らを余所に、ゼタはアイテムボックスと思われる袋の中からそれを取り出した。

「つーわけで、こいつが新しく打った剣と槍だ」

渡された武器を手にして、アークとゲインは息を呑《の》む。

「こ、これは……」

「凄い……」

言葉が出ないほど、それに思わず見入ってしまう二人。今まで使っていた武器とは桁違《けたちが》いの性能であることが、見ただけで分かってしまったのだ。

「ねぇその武器、魔法付与まで施されてるんだけどーっ？　しかも数が尋常じゃないし!?」

叫んだのはエミリーである。

「こんなレベルの魔法付与、見たことないんだけどー？　一体誰に頼んだのー？」

「いや、そいつもアタシがやった」

「自分で!?」

「ああ。真の鍛冶師たるもの、自分で魔法付与くらいできねぇとな」

もはや伝説に残る武具にも匹敵する代物だった。

いや、下手すれば国宝級かもしれない。

「さすがに師匠と比べるとまだまだだが、それでも今のアタシとしては及第点ってところだ」

「「これで及第点!?」」

驚愕しつつも、気になるワードが出てきたことに気づいて、アークが追及する。

「そ、その師匠というのは……？」

「アタシに本物の鍛冶を教えてくれた師匠だ」

「それは一体何者なんだ？」

「残念だが、そいつは言えない約束だ。師匠はあまり目立ちたくないらしい」

アーク、ゲイン、エミリーの三人はそろって顔を見合わせた。

「「ついさっき似たようなことを聞いたような……」」

それからゼタはすぐに帰っていった。どうやら彼女が過去に打ち、一流冒険者たちが使っている武具も、これから交換、もとい破壊していくつもりらしい。

その背中を見送ったアークは、呟くように言った。

「俺の予想が正しければ……コレットにあの謎《なぞ》の治療法を伝授したのと、ゼタに鍛冶を指導したのは、同一人物だと思うのだが……」

「ギルド長……俺も同意見です」

「……あたしもー」

彼らはせーので頭に浮かんだその人物について口にするのだった。

「「あのトンデモ赤子だ」」


——ちょうどその頃。トンデモ赤子こと、レウスはというと、

「よしよーし、れうすくん、かわいーね！」

「あうあー」

幼女に抱えられて、生後五か月相応の赤子を演じていた。

まだ五歳くらいの可愛らしい幼女だ。レウスのことを普通の赤子だと思っているようで、頭を撫《な》でたり、頬をぷにぷにしたりして喜んでいる。

「れうすくん、きょーも、みーなと、おしゃべりしましょーね！」

「あうー」

実はこのミーナという名の幼女、レウスたちが宿泊している旅館の娘で、よくレウスの相手をしてくれているのだ。

もっとも、相手をしてあげているのはレウスの方だが。

『よかったですね、マスター。女の子に抱っこしてもらえて』

『生憎《あいにく》と俺、ロリコンじゃないから……むしろ女将《おかみ》さんの方に抱っこしてもらいたい。胸も大きそうだし……じゅるり』

◇　◇　◇

「申し訳ありません。ミーナったら、レウスくんのこと気に入ってしまったようでして……。末っ子だから、お姉ちゃんぶりたいのでしょうか」

「ん、気にしないでいい」

申し訳なさそうに謝っているのは、俺たちがこの街に来てからずっと世話になっている宿の女将さんだ。

彼女の娘ミーナは、俺をごく普通の赤子だと思っていて、宿で見かけるたびに抱っこしようとしてくるのである。

「れうすくん、またちょっとおおきくなったね！」

「あうあー」

最初に会ったときはまだ生後三か月くらいだったからな。

それが今やもう生後五か月である。そろそろ普通に喋《しゃべ》ったり歩いたりし始めても、おかしくないかもしれない。

『マスター、さすがにまだまだ早いかと』

……うーん、まだ早いのか。

「れうすくん、みーなとおさんぽしよ！」

「あうあー」

ミーナは俺を抱えたまま歩き出す。それを女将さんが咎《とが》めた。

「こら、ミーナ、危ないでしょ！」

「心配要らない」

断言したのはファナだ。すると女将さんは首を左右に振って、

「でもまだ五歳で、抱っこしてるときに落としてしまったら大変ですし……」

「落としても大丈夫」

「え？」

そんなはずはないだろう、という顔をする女将さん。

この宿にいる間、俺は普通の赤子を演じ続けているからな。彼女もまた、俺のことをか弱い赤子と信じて疑っていないようだ。

『さすが俺、演技力が半端ないぜ。俳優になれるかもな』

『時々赤子とは思えないエロジジイの顔をされていますが？』

気のせいだよ、リンリン。

「建物からは絶対に出ちゃダメよ。いいわね、ミーナ」

「はーい！」

そう娘に言い聞かせて、女将さんは仕事へと戻っていく。

俺はそのままミーナに抱えられ、宿の中を歩き回ることとなった。ファナとアンジェは部屋に戻ったようで、二人だけのお散歩である。

「こっちがみーなたちのおうち！」

そのうち宿と隣接した家の方へと連れて行かれる。部屋や風呂、トイレなどを順番に紹介された後、よぼよぼの爺《じい》さんが椅子に腰かけている部屋へ。

「みーなのひーおじーちゃん！」

「ミーナや、どうしたんじゃ？　……その赤ん坊さんは？」

「えっとね、みーなのおとうとのれうすくん！」

勝手に弟にされていた。

「お客さんのお子さんかのう？　ミーナ、怪我だけはさせんようにの？」

「だいじょうぶだよ、ひーおじーちゃん！」

ミーナは自信満々に宣言しながら部屋を出る。

……本当はさっきから何度も落ちそうになっているんだけどな？

俺の方から抱き着くことで難を逃れているし、何ならわざわざ魔法で体重を軽くしてあげているくらいだ。

五歳の子供に長時間、五か月の赤子を抱え続けるのは難しいのだろう。

しかし十年後くらいだったらよかったのにな。女将さん結構大きいし、ミーナも将来的には良い感じの発育を遂げる可能性があった。

そんなことを考えていると、女将さんの言いつけを破って、ミーナは家の庭に出ていた。

そこへどこから入ってきたのか、二人組の男が近づいてくる。

「こいつがここの娘か？」

「ああ、間違いないはずだ」

「おじさんたち、だれー？」

ミーナが首を傾げた次の瞬間、男が飛びかかり、手で無理やり彼女の口を塞《ふさ》いだ。

「んんんんっ!?」

そのまま男はミーナを抱え上げると、庭から一目散に逃げ出す。

「いでっ!?　てめぇ、噛《か》みやがったな!?　このガキがっ、大人しくしてやがれ！」

「っ！」

あっ、こいつ幼女を殴《なぐ》りやがった。

ミーナが気を失ってしまう。酷《ひど》い野郎だ。

俺はこっそりミーナに治癒魔法をかけてやった。

「おい、よく見たら知らん赤子が付いてきてるぞ?」

「一緒に連れていきゃいいだろ。上手くいけば、こいつからも身代金を取れるかもしれねぇ」

「それもそうだな。しかしその赤子、娘が気絶したってのに、どうやってくっ付いてんだ……?」

◇　◇　◇

「た、た、た、大変じゃ……っ！　ミーナがっ……ミーナが……っ！」

ひ孫が男たちに攫《さら》われる瞬間を目撃してしまったその老人は、慌《あわ》てながらもよろよろと立ち上がった。

弱った足腰のせいでほとんど歩けなくなっていたが、必死に老骨に鞭打《むち》って家族が経営している旅館へと急ぐ。

「あら、どうしたのかしら、おじいちゃん？」

「大変なのじゃ！　ミーナがっ……ミーナが攫われてしもうたのじゃ！」

「えええっ!?」


「申し訳ありませんっ！　ミーナと一緒にいたレウスくんも、連れて行かれてしまったようでして……っ！」

血相を変えて部屋にやってきた宿の女将が告げたその内容に、ファナとアンジェの二人は顔を見合わせる。

そろって「それなら何の問題もないわね」という表情をしていた。

しかしそんな二人の様子に気づくこともなく、女将は震える声で続ける。

「娘を返してほしければ身代金を持って来るようにと、犯人からと思われる手紙が置かれていたのです……っ！　きっと犯人は前々からミーナのことを狙っていたのでしょう……レウスくんはそれに巻き込まれてしまって……ああ、なんとお詫《わ》びしたらいいのか……」

レウスが一緒に連れ去られたことに責任を感じ、何度も頭を下げる女将。自分の娘が攫われたというのに、なかなかのプロ精神だ。

「ん、大丈夫。むしろ一緒でよかった」

「え？」

「そうね。レウスが一緒だし、そのうち無事に帰ってくるわよ」

「そ、それはどういう……？」

ファナとアンジェの言葉を、女将はまるで理解できないようだった。

◇◇◇

俺とミーナが連れて行かれたのは、ボロボロの一軒家だった。

大量の埃《ほこり》やあちこちに張られた蜘蛛《くも》の巣から考えて、恐らく普段は誰も住んでいない空き家だろう。

まだ眠ったままのミーナは両手両足を縛られている。俺はどうせ赤子だから何もできないと思われているのか、そのままの状態で床に転がされていた。

男たちのやり取りが聞こえてくる。

「ほ、本当にこれで大丈夫なんだろうな？」

「なぁに、心配は要らねぇよ。あの宿はかなり稼いでるはずだからな。可愛い一人娘を助けるためなら、金くらい幾らでも出すはずだ」

どうやら身代金目的の誘拐のようだ。二人の不慣れな様子からして初犯かもしれない。

「しかし、何なんだ、あの赤子は？　まったく泣く様子もねぇぞ？」

「それに、こっちをずっと観察しているような……」

「ちっ、気味が悪ぃな」

男の一人が舌打ちしながらこっちに近づいてくる。

そうして俺の頭を足の裏で踏みつけてきた。

「あうあー」

「何だ、このガキ？　これでも泣きやしねぇぞ？」

「お、おいっ、殺すなよ？　殺したら身代金を取れなくなるぞ」

「殺しはしねぇよ。まぁ、偶然だったが、二人連れてこれたのは好都合だ。恐らくこの赤子は宿の客の子供だろう。身代金と交換する際、もし何か余計なことしてきやがったら、こっちの赤子は確実に死ぬと脅《おど》しておけばいい」

「なるほど、それなら向こうも大人しく金を渡すしかないな」

そのとき、眠っていたミーナが目を覚ました。

「ん……ほえ？　ここは……？」

「ふん、起きたか」

キョロキョロと周囲を見回した彼女は、ここがまるで見知らぬ場所だと分かって泣きそうになる。

「……ぱぱやままは……？」

「会いたかったら大人しくしてろよ？　さもないと、二度と会うことができなくなっちまうぜ？」

「っ……」

子供ながらにこの状況が何となく理解できたのだろう、完全に怯《おび》えてしまった。

可哀想なので、俺はよしよしと頭を撫でてあげる。

「あうあー」

「れうすくん？」

それから俺は身体の向きを変えると、男たち目がけて勇ましく突進していく。

……ただのハイハイだが。

「あうあうあー」

「な、何だ、こいつ!?」

「赤子のくせに立ち向かってきやがった!?」

迫りくる赤子に驚愕しながらも、男が慌てて蹴りを放ってきた。

「あうあっ」

腹を蹴られた俺は、宙を舞って壁に叩きつけられる。

「れうすくん!?　よくも、れうすくんを！　ゆるせない……っ！」

ブチブチブチブチッ！

憤ったミーナが、全身を縛っていた縄を力任せに引き千切っていた。

「……は？」

これに唖然《あぜん》としたのは男たちだ。まさか非力な幼女が、縄を強引に引き裂いてしまうとは思ってもみなかったに違いない。

まぁ、先ほど頭を撫でたときに、こっそり身体強化魔法を使い、体力を数十倍に強化してやったからなのだが。

「ば、馬鹿なっ……縄を引き千切りやがっただと!?」

「おいおい、そんなはずあるわけねぇだろ？　縄が緩かったんだよ！　ちゃんと結んでおきやがれ！」

「いや、どう見たって千切れてるだろうが！」

慌てふためく男たち。一方、ミーナ自身も大いに驚いている。

「……？　ちからが……あふれてくる……？」

今の彼女は、そこらの大人よりも遥かに強くなっているはずだった。

さあ、行け。幼女無双の始まりだ。

「えーい！　れうすくんの、かたき！」

ミーナが意を決し、男たちに向かって突進していく。

自分より何倍も大きな身体の相手だ。普通なら弾き返されて終わりだろう。

「ぶぅっ!?」

しかしミーナがぶつかった瞬間、男の一人が信じられない速度で吹っ飛び、背後の壁に叩きつけられた。そのまま気絶して動かなくなる。

「なっ!? ど、ど、ど、どうなってやがんだよっ!? クソっ！」

残った男は驚愕で頬を引き攣《つ》らせながらも、咄嗟《とっさ》にナイフを取り出して構える。

それを見たミーナが、さすがにビクッとして後退る。

だがすぐに足を止め、再び戦う表情に。俺の魔法の副次効果で、精神力までもが並の幼女のそれではなくなっているのだ。

「し、死ねぇぇぇっ！」

男が叫びながらナイフを突き出すが、それをミーナは右手一本で軽々と弾き飛ばした。

「～～～っ!?」

「えいっ！」

無防備になった男の腹へ、ミーナの頭突きが突き刺さる。

「がはぁっ!? ば、ばか、な……この身体のどこに、こんな力、が……」

よほどの威力だったのだろう、フラフラとよろめく男。

「とどめ！」

「ひぃっ……」

男は慌てて踵《きびす》を返すと、ふら付きながらも懸命に逃げ出した。

「にがさない！」

しかし今やミーナの方が遥かに高い瞬発力を持っている。

あっという間に男の背中に追いつくと、そのまま跳躍して幼女ドロップキック。

「ぶふごっ!?」

吹き飛んだ男は、玄関のドアを頭から突き破り、家屋の外まで飛んでいってしまった。

「……かった？」

「あうあー」

「れうすくん！　だいじょーぶだった？」

「あうー」

ミーナが俺を抱き上げてくれる。

「もうだいじょうぶだよ！　みーなおねえちゃん、すっごくつよくなったから！」

「あうあう」

「ほらみてて！　えいっ！」

ミーナが近くの壁を殴りつけた。がんっ……と鈍い音が鳴る。

「～～～～～～っ!?」

ミーナの顔が歪んだ。

「いたあああいっ!?　あれっ？　どうして!?　みーな、つよくなったのに！」

残念ながらすでに身体強化を解いてしまったからな。

長時間あれだけの倍率で維持していたら、幼女のひ弱な身体に悪影響が出てしまうかもしれないからだ。

それにしても思いのほか、上手くいったな。

こうして他人を利用することで、俺は何もしていないように見えるはず。

ふふふ、俺も赤子らしく振舞う術を覚えてきたようだ。

『……かえって怪しまれそうですが』

男たちにこっそり睡眠魔法をかけてから、ミーナの実家でもある宿へと戻ることに。

連れて来られる途中、気を失っていたミーナは帰り道が分からなかったので、俺が指をさして教えてやった。

「あうあー」

「つぎはあっち？　れうすくん、よくわかるね！」

やがて宿が見えてくる。

すると外にいた従業員がこちらに気づいて「あっ」と声を上げた。

「ミーナちゃん!?」

「ただいまー」

「お、女将っ！　女将っ！　ミーナちゃんがあああっ！」

慌てて建物に駆け込んでいく従業員。すぐに女将さんが飛び出してきた。

「ミーナ！」

「ままー、かえってきたよー」

「よかった……っ！　無事だったのね！」

ミーナを抱きしめる女将さん。もちろん俺はミーナに抱きかかえられていたわけで……その結果、俺は二人の間に挟まる格好となった。

ぐへへへ、やはりこの女将さん、なかなかのボリュームをしているぜ。

「心配したのよ！　攫われたって聞いて……」

「うん。でもみーながやっつけた！」

「え？　やっつけた……？」

「なんかね、すっごい、ちからがわいてきて、えーいってやっつけたの！」

「どういうこと……？」

その後、ミーナを連れ去った犯人たちは、冒険者ギルドから派遣された冒険者たちによって連行された。この都市の冒険者ギルドは、警察組織としての役割も担《にな》っているのである。

「犯人たちが仲間割れして、勝手に自滅したってことになったみたいよ」

「え？　ミーナが倒したってことにならなかったの？」

「さすがに幼女が倒したなんて荒唐無稽《こうとうむけい》でしょ。……まぁ、真実はよっぽど荒唐無稽だけど」

アンジェの話に、俺は少しショックを受けた。

せっかくミーナに頑張ってもらったのになぁ。

「ていうか、すでにギルドにはバレてるんだから、わざわざ隠さなくてもよかったのに」

実は一緒に攫われた赤子が俺だということは、ギルドには伏せてあった。

確かにアンジェの言う通りかもしれないが、できるだけ目立たなく生きる練習の一環として、そこはこだわりたいところだったのである。

「でも師匠が一緒でよかった」

「それはそうね。攫われたって聞いても、まったく心配しなくてよかったし。それにしても、犯人からしたらこれ以上ない不運だったわね」

そんなことを話していると、トントン、とドアをノックする音が。

ちなみに俺たちは、三人いるのもあって、この宿でもっとも広い部屋に泊っていた。その分、宿泊料も一番高いのだが、まぁAランク冒険者の財力なら余裕である。

「誰かしら？」

「女将さん？」

「んー、女将さんじゃなさそうだね。多分、それなりの強さの人」

　ドアを開けると、そこにいたのはファナたちと同じくらいの年齢と思われる少女だった。

「突然の訪問、失礼する。私はクリス。Aランク冒険者だ。……ファナ殿にアンジェ殿、それにレウス殿でよろしいだろうか？」

「ん、私はファナ」

「あうあー」

「アンジェよ。Aランク冒険者というには、見たことない顔だけど？」

「つい最近、ここベガルティアに来て、Aランクに昇格したばかりなのだ」

　そのクリスという少女を部屋へと招き入れるが、彼女の視線はなぜかずっと俺の方を向いていた。抱っこしたいのかな？

「それで何の用？」

　ファナが相変わらずの無表情で訊く。

「うむ、実はそこのレウス殿に確かめたいことがあるのだ」

「師匠に？」

「あうあー？」

　俺は赤子のフリを続けたが、クリスは首を振って、

「確かに、どこからどう見ても赤子にしか見えないが……貴殿が言葉を喋れる赤子であることは知っている。Aランク冒険者であることも」

「お、おかしいな？　本当に喋ることができるのか……？　いや、しかし、コレット殿が嘘《うそ》を言っていたとは思えぬし……」

「……あうー？」

どうやら彼女はコレットの知り合いらしい。

「ボランテでも噂になっていた。突然とんでもない赤子が現れて、幾つもの事件を解決していったと。さらには魔力回路を治す方法をコレット殿に伝授し、ボランテの冒険者たちはそのお陰で大幅にレベルアップしたという。私もその治療を受けた一人だ」

「あうあー？」

「むう……もしかして赤子違いだったのか……？」

「あうあう？」

「こら、面倒だから、いい加減、赤子のフリするのやめなさいよ」

アンジェに怒られて、俺は仕方なく喋り出した。

「えーと、たぶん僕がその赤子のレウスだよ」

『マスター以外にそのような赤子はいないかと』

クリスがまじまじと俺を見てくる。

「ううむ……本当に喋っている……しかしこんな小さな身体でワイバーンやキングオーク、さらには魔族をも倒してしまったとは……」

「それよりお姉ちゃん、僕に何の用なの？」

「おお、そうだったな」

それにしてもこの少女の魔力の感じ、どこかで見たことある気がするな。

「私は、実は魔法の名門として知られるブレイゼル家の出身なのだ」

「ん、知ってる」

「へぇ、あの有名な」

ファナとアンジェが頷くが、俺にはいまいちピンと来なかった。まだ赤子だから、今の世界のことに疎《うと》いのは仕方ないだろう。

……ただ、何となくどこかで聞いたこともあるようなないような。

首を傾げている俺に、クリスはとんでもないことを口にするのだった。

「レウス殿はもしや、生誕直後に亡くなったとされている、ご当主様の第一子なのではないか？」

第二章　故郷の危機

「レウス殿はもしや、生誕直後に亡くなったとされている、ご当主様の第一子なのではないか?」

クリスの言葉を受けて、俺は言った。

「あうあうあー」

『マスター、今さら赤子のフリをしたところで無意味かと』

リントヴルムが冷静にツッコんでくる。

ていうか、今ので思い出したぞ。ブレイゼル家って、俺が転生した家だ。

道理で少しだけ聞き覚えがあるわけである。まぁ一週間ちょっとくらいしかいなかったので、すぐにはピンと来なかったのも仕方ないだろう。

このクリスとかいう少女は、どうやら俺の親戚らしい。もしかして俺を連れ戻しに来たとかじゃないだろうな。

『だとしたら面倒すぎる。やっぱり赤子のフリを押し通すしか……』

『どう考えても無理があるでしょう。ついさっきまで普通に喋っていたのですから。とりあえず詳しい話を聞いてみては？　そもそもマスターは死んだことになっているはずですし』

『そうだな』

俺は可愛らしい感じで惚《とぼ》けながら、相手の意図を探ってみることにした。

「うーん、僕、赤ちゃんだから分かんないやー。でも、お姉ちゃんは何でそう思うの？」

「そうだな。まず、名前が同じだ。そして見たところ、貴殿は生後半年ほどと思われるが、それもご当主様の第一子であるレウス様と同じ。もちろん、それだけなら偶然と片づけることもできただろう」

偶然で片づけてほしいところだったが、そうはいかなかったらしい。

「確信を抱いたのは、たった今、実際に貴殿に会ってみてのことだ。というのも、その顔立ち。ご当主様の奥方であるメリエナ様にそっくりなのだ」

「それこそ偶然じゃないの？」

「偶然というには似すぎている」

「実際に比べてみたら、大して似てなかったなってなるパターンかも？」

「それはない。正直、メリエナ様には私も数えるほどしかお会いしたことがないが、さすがにあれほどの美貌だ。はっきりと記憶している」

確かにすごい美人だったたな。

その乳を吸わせてもらえると期待したのに、すぐに捨てられたこともあって、結局その機会はなかったのだ。あれはとても残念だった。

「母君のことを覚えていないのか？」

「あはは、さすがに生まれたばかりのことなんて覚えてるわけないでしょ」

常識だろう、とばかりに笑ってみる。

「それもそうか……いや、貴殿に常識が当てはまるとも思えないが……」

「気づいたときにはね、大きな狼《おおかみ》に育ててもらってたんだー」

「大きな狼？」

「うん、なんか凄くおっきな森で」

「まさか、魔境の森のことか……？　魔法適性値があまりに低く、どこかに遺棄されてしまったと噂されていたが、あんな危険な森に……。しかもそれを生き延びたとは……」

「ん。たぶんその後、私に会った」

ファナが補足を入れた。

ともかく、クリスの話を詳しく聞いてみた感じ、俺を連れ戻しに来たというわけではないらしい。

彼女はそもそも実家を出た身だという。本家の生まれではない上に、女である以上、そのままいけば将来はどこかの貴族の家に嫁ぐ未来しかない。

だがそれを良しとしなかった彼女は、家を出て冒険者になる道を選んだようだ。

そしてたまたまレウスという名の赤子の活躍を耳にし、それで気になって訪ねてきたのだという。

「コレット殿からも色々と教えてもらった。この都市にも彼女と共に来たのだ」

「コレットお姉ちゃんと？」

おかしいな。彼女はボランテの街の冒険者相手に、魔力回路の治癒を行ってるはずなんだが……。

「それが、すでにほとんどの冒険者への治癒を終え、新天地を求めてこの都市に来たのだ。もちろん私も彼女の施術を受けさせてもらった」

道理でクリスの魔力の流れが綺麗だと思った……って、もうボランテの冒険者の治癒を終えたって？

さすがにちょっと早すぎやしないか？

「長時間の施術を、一日に何度も行っていたため、私も少々心配になって、少し休んだ方がいいと言ったのだが……施術をしていない方が疲れると言って聞かなかったのだ。実際、治癒ができなかった旅の途中、段々とやつれていっていたが、この街に来て施術を再開した途端に元気になっていた」

だ、大丈夫だろうか？

「その治癒法を伝授したのも、貴殿だと聞いている」

「……そうなんだ」

俺が治療法を教えたことを、あんまりあちこちで言い触らさないようにと言いおいていたのだが……。改めて釘を刺しておいた方がいいかもしれない。

「しかし貴殿ほどの赤子を、魔法適性値が低いからといって、魔境の森に捨てるとは……」

ちなみにクリスがブレイゼル家を出たのは、三か月ほど前のことらしい。

それですでにAランク冒険者になっているのだから、あの治療を受けたことを差し引いても、元から相応の実力があったのだろう。

そのとき突然、バンバンバン、と部屋の窓を叩く音が響いた。

何事だと思って振り返ると、真っ黒い梟《ふくろう》が一羽、外から窓を叩いていた。

クリスが怪訝《けげん》な顔で呟く。

「む？　あれは……ブレイゼル家が使う伝魔梟？　何かあったのだろうか？」

クリスが窓を開けると、部屋の中に一羽の梟が飛び込んできた。

一瞬、俺とクリスの間で迷うように旋回した後、クリスの肩に止まった。

梟が嘴《くちばし》を開けて話し始める。

『クリスか。父だ。今どこにいるか分からぬが、すぐに実家に戻ってきて欲しい。大変なことになっている』

梟が喋っているわけではない。この梟を通じて、クリスの父親らしき人物が彼女に伝言をしているのだ。

「大変なこと……？　一体どういうことだ？」

『魔境の森に棲息している凶悪な魔物が、続々と森から出てきているのだ。我々も懸命に討伐《とうばつ》を試みているが、一体一体が強力な上に数が多く、大いに苦戦させられている。今のところ領都ブレーゼは無事だが、ここにも多くの魔物が押し寄せてきており、城壁や結界のお陰でどうにか侵入を防いでいるといった状態だ』

「魔境の森の魔物が……？　奴らは滅多に森から出ないはずだが……」

『すでに家を出たお前に、こんなことを頼むのは気が引けるが……』

衝撃を受けているクリスを余所に、梟は伝言を続ける。

『万一、領都が陥落《かんらく》するようなことがあれば、この国全土が、魔境の魔物の脅威に晒《さら》されることになるだろう。ゆえに家を出たお前にとっても無関係ではないはず。……とにかく今は少しでも戦力が欲しい。どうか一刻も早く領地に帰還し、お前の力を貸してくれ。頼むぞ、クリス』

「ち、父上っ……」

そこで梟は静かになった。

もっと高度な魔法であれば、直接会話したりもできるはずだが、これは受け答えなどできず、あらかじめ用意されていた内容を一方的に伝えることしかできないのだろう。

「なんか大変な状況みたいだね」

「……そのようだ」

「クリスお姉ちゃん、どうするの？」

「どうもこうも、故郷の危機とあっては、見過ごすわけにはいかない。馬を借りて、急いで戻れば……何とか十日で着けるはず……」

正義感が強い性格なのだろう、どうやら今すぐ戻るつもりらしい。

「レウス殿は……いや、生まれた直後に捨てられた貴殿に、故郷を助ける義理などないな」

そうしてクリスは慌てて部屋を出ていった。

アンジェが訊いてくる。

「いいの？　よく分からないけど、一応あんたの生まれ故郷らしいわよ。血の繋《つな》がった家族だっているはず」

「いいよ。そんな実感まったくないし。……ただ」

「ただ？」

魔境の森については別だ。

何せあそこには、狼かーちゃんたちが住んでいるのである。

『間違いなく森で何かが起こっていますね、マスター』

『ああ。魔力が濃い魔境は、魔物たちにとっては住みやすい環境のはず。それが一斉に逃げ出すとなると、よほどのことだろう』

俺は狼かーちゃんたちのことが心配だった。

だが先ほどの伝言だけでは、森で何が起こったのかまったく分からない。

「よし、直接かーちゃんに訊いてみよっと。安否確認も兼ねて」

そんなわけで、俺は宿の庭でかーちゃんを召喚することにしたのだった。

◇◇◇

私の名はバザラ。Aランクの冒険者だ。

『ベガルティア大迷宮』深層への、半年に及ぶソロでの冒険を終えた私は、無事に地上へと戻ってきていた。

幸い一度通った道だったこともあり、復路ではそれほど苦戦することなく、短い時間で踏破することができた。

もちろん私自身が大きくレベルアップしたというのもあるだろう。

そして探索中に強力な武具も見つけ、装備もレベルアップしている。

非常に実りの多い挑戦だった。

さらにこの実績が正当に評価されるならば、Sランクへの昇格も夢ではない。

「それにしても……久しぶりのベッドが心地よい……」

私はふかふかのベッドに寝転がっていた。

街でも有数の高級宿の一室。

今はここで長期間に及ぶ冒険の疲れを癒《いや》しているところである。

そのとき窓の向こうから、凄《すさ》まじい魔力が膨れ上がるのを感じて、私は慌てて飛び起きた。

「な、何だ、今の魔力は……っ？　っ……しかも、この凄まじい気配は……っ!?」

背中がぶるりと震えた。

窓の外……宿の庭の方だが、そこから途轍《とてつ》もない気配が漂ってきている。

「ば、馬鹿な……これほどの気配は……六十階層の魔物に匹敵……いや、下手をすれば、それ以上の……」

信じがたい思いで恐る恐る窓の外を覗《のぞ》き込んだ私が目にしたのは、全長七、八メートルはあろうかという、巨大な漆黒の狼だった。

◇　◇　◇

俺は宿の庭でかーちゃんを召喚することにした。

「うん、この広さがあれば大丈夫だよね」

『……マスター。杖であるわたくしですら、このような場所であの魔物を呼び出すのはやめた方がよいと理解できるのですが』

「え？　そう？　でも緊急事態だしなぁ。まぁちょっと話を聞くだけだし、大丈夫でしょ」

召喚魔法陣が展開され、煌々《こうこう》とした光が弾ける。

それが収まったときには、巨大な狼かーちゃんが出現していた。

『……また急に呼び出したのかい。まったく、少しは相手の都合ってものも考えたらどうだい？　こっちだって忙しいんだけどね？』

『ごめんごめん、かーちゃん。なんか森が大変なことになってるって聞いてさ。かーちゃんたちは大丈夫？』

『全然大丈夫じゃあないね』

大きな口で溜息《ためいき》を吐き出すかーちゃん。やっぱり何かあったらしい。

『森に突然、とんでもない化け物が現れてね。すでに東の主《ぬし》がそいつにやられちまったよ』

『とんでもない化け物？　それはどんな？』

『さあね。まだこの目で見てはないから、詳細は分からないけれど、あたしら魔物は魔力に敏感だからね。遠く離れていてもだいたいそいつの強さが分かるのさ。はっきり言って、残ってる南の主のあたしと、西の主が協力したって、刃が立たないだろうね』

かーちゃんにそう言わせるとは、よほどの魔物らしい。

それで魔物たちが次々と森から脱出しているようだ。

『かーちゃんたちは逃げないの？』

『逃げるつもりはないね。縄張りを侵そうとするなら、どんな相手だろうと最後まで戦うつもりさ。第一あの森以外に、群れが纏《まと》まって住める場所なんてそうそうないだろうからね』

かーちゃん一人であれば、恐らくどこでだって生きていくことができるだろう。

だが、かーちゃんは群れのボスだ。

群れの狼たちのことを放っておくわけにはいかない。

『さすがかーちゃん。気高くてカッコいい狼だね』

『……何だい、急に。気持ち悪い』

俺はかーちゃんに提案した。

『じゃあ、僕も一緒に戦うよ。ほら、この間も助けてもらったしさ』

『なに言ってるんだい。さすがのあんたでも、今回ばかりはタダでは済まないよ』

ぎろり、と狼かーちゃんは俺を睨みつけてくる。

『心配しなくていいよ、かーちゃん。あれからもっと強くなったから。ほら、見ての通り身体も大きくなったし』

『……あたしから見たら誤差の範囲でしかないよ。人間ってのは成長が遅いんだね。あんたと一緒に乳を飲んでた子たちは、もうとっくに成獣になってるよ』

成長をアピールする俺に、呆《あき》れ顔で鼻を鳴らすかーちゃんだった。

◇　◇　◇

私の名はバザラ。Aランクのソロ専門冒険者だ。

『ベガルティア大迷宮』深層での命懸けの冒険を終えて地上に帰還し、ホッとしたのも束《つか》の間、目の前に突如として凶悪な魔物が現れたのだった。

「何でこんなところに……まだダンジョン内にいるわけではないよな……？」

もしかしたら、また何か幻覚でも見ているのかもしれない。

六十階層に辿《たど》り着いた私が、すぐに引き返すことを決意したのも、赤子の幻覚を見たせいだった。

幸いそれ以降は一度も幻覚を見ていないため、安心していたのだが。

「どうやら思っていた以上に疲れているようだ……。いや、しかしあれがもし本物だったとしたら……？」

今この場で、あの魔物とやり合えるのは恐らく私だけ。

幻覚の可能性を捨てきれないものの、私は覚悟を決めて剣を手に取り、窓から飛び降りようとした。

だがそこで気がつく。漆黒の狼のすぐ近くに立つ、小さな赤子の存在に。

「あれは……まさか、六十階層で見たあの赤子……っ？」

困惑と共に呟いた次の瞬間、激しい魔力が弾けたかと思うと、その赤子と漆黒の狼が姿を消していた。

「……き、消えた？」

後には魔力の残滓《ざんし》だけ。私はしばし呆然《ぼうぜん》とその場に立ち尽くしてから、

「ははは……やはり、幻覚に違いない。どうやらこれは長期の休みが必要なようだな……」

◇◇◇

俺はかーちゃんの頭の上に乗って、ベガルティアの街から魔境の森へと飛んだ。

『……何であんたまで付いて来れるんだい？』

『逆召喚っていう、ちょっとした応用技術があってさ。それを使えば召喚獣が元の場所に戻る際に、術者も一緒に付いていくことができるんだ』

『そうかい。まぁ、今さらあんたが何しても驚きはしないけどねぇ』

ただ、残念ながらベガルティアに戻るときには同じ手が使えない。

ちなみにファナとアンジェは街に置いてきた。足手まといになりそうだからというのもあるが、逆召喚で二人も連れていくとなると、魔力の消耗が大きくなるせいだ。

これから戦おうってときに、あまり魔力を消費したくなかった。

「「「がうがうがうがうっ！」」」

そこへ漆黒の狼たちが勢いよく駆け寄ってくる。

「おおー、また大きくなったね！」

「「「がうがうがうがうっ！」」」

仲の良かった子狼たちだ。もうすっかり成獣になったようで、顔つきが精悍《せいかん》になり、鳴き声も重々しい。全長だって三メートルを超えている。

『あんたたちはもうデカいんだから、あたしに登ろうとするんじゃないよ。重たいだろう』

かーちゃんの頭の上にいる俺のところまで来ようとして、雑に振り払われる子狼たち。

俺も飛び降りてじゃれ合いたい気持ちはあったが、今はそんなことをしている場合じゃない。

「戻ってきたら遊んであげるから」

「「「がうがうがうがうっ！」」」

吠える子狼たちを余所に、俺は森の北西へと視線をやった。

『あっちの方だね』

『分かるのかい？』

『うん。めちゃくちゃ大きな気配がある。これは確かに化け物っぽいね』

『引き返すなら今のうちだよ』

『大丈夫』

『……なら、振り落とされないようにしてるんだよ！』

かーちゃんが地面を蹴って勢いよく走り出す。

お尻の辺りに乗っかっていた子狼たちが振り落とされ、「ぎゃう！」と悲鳴が上がる中、かーちゃんは猛スピードで森の中を駆けていった。

途中、かーちゃんに追従するように、狼たちが集まってきたが、

「ワオオオオオオオオオオンッ!!（あんたたちは来るんじゃないよ!!）」

咆哮《ほうこう》を浴びせられ、ビビったように次々と足を止めていった。

しばらく進んでいると、前方から必死に走ってくる巨体と何度もすれ違うようになった。

『トロルだ』

『この辺りは奴らの縄張りなのさ』

『好戦的な連中なのに、尻尾を巻いて逃げ出してるね。こっちに気づいても全然来ないし』

『それだけ恐ろしい相手ってことさね』

そして段々と足元に転がるトロルの死体が増えてくるようになった頃、ついに俺たちはそいつと遭遇したのだった。

まるで凄まじい嵐に見舞われたかのように木という木が倒れまくり、喰《く》い殺されたトロルが死屍《しし》累々《るいるい》と転がる中に屹立《きつりつ》する、巨大な魔物。

それは意外にも、美しい白銀の毛並みを持つ狼だった。ただし、かーちゃんより、一回りも二回りもデカい。

『西の主が……』

その狼の口には、ボロ雑巾のようになったトロルが咥《くわ》えられていた。

並のトロルの数倍の大きさを持つトロルで、どうやらこの縄張りを支配していた魔物らしい。

白銀の狼はこちらに気づくと、そのトロルを放り投げた。

腹部の大半を喰い破られた状態のトロルは、十メートルほど先の巨樹に激突してぐしゃりと潰れる。

『こいつは予想以上の化け物さね……』

『……たぶん、フェンリルだね』

『フェンリル？』

『神話級の魔物だよ』

そのフェンリルが咆《ほ》えた。

「オオオオオオオオオオオオオオオオオオオオオンッ!!」

咆哮が衝撃波となって、周囲に転がっていた木やトロルが吹っ飛んでいく。

ブルブルッと、かーちゃんが身体を震わせた。

『……同じ狼だからって、話が通じるような相手じゃないね』

『うーん、でも変だなー？　フェンリルって、神話級らしく知能が高くて気品もある魔物で、こんな風に汚らしく魔物を食べ散らかしたりはしないはずなんだけど』

リントヴルムもそれに同意してくる。

『そうですね。見たところこのフェンリル、どうやら普通の状態ではなさそうです。残念ながら戦闘は避けられそうにありませんね。いかがなさいますか、マスター？　竜化いたしましょうか？』

『いや、その必要はない。お前が休んでる間に随分と力が戻ったからな。それを今から見せてやろう。ただ、杖としてのサポートは頼むぞ』

『了解です』

俺はリントヴルムを掲げながら、かーちゃんの頭の上で立ち上がった。

『かーちゃん、離れてて』

『何のつもりだい？』

『僕に任せてよ。強くなったところ見せてあげるからさ』

『……あの化け物に、あんた一人で勝てるとは思えないけどねぇ』

『まぁ見ててって。よっと』

かーちゃんの上から飛び降りて地面へ着地すると、全力で身体強化魔法を使った。

『っ……この凄まじい魔力は……っ!?』

驚愕するかーちゃん。

一方、フェンリルも警戒するようにグルグルと喉を鳴らし、俺を睨みつけてくる。

『なるほど。マスター、さすが豪語するだけのことはありますね。わたくしが眠っている間に、よくここまで成長しましたね』

『前世と比較してどうだ？』

『前世のマスターと比べて、ですか？　そうですね……頑張って十分の一くらいでしょうか』

『十分の一か。……悪くないな！』

俺は地面を蹴って、自分からフェンリルに躍りかかった。

接近しながら挨拶代わりとばかりに、魔法を二、三発、ぶっ放してやる。

ズドドドドオオオオンッ!!

だがそれらはすべて、背後の木々に直撃しただけだった。

フェンリルはその巨体には似合わない俊敏さで、軽く横に飛んでそれを躱《かわ》していた。

「避けて安心してる場合じゃないぞ。縮地」

「〜〜ッ!?」

一瞬で距離を詰めると、剣モードに変更していたリントヴルムを、フェンリルの鼻先へと振り下ろす。

「ギャオンッ!?」

悲鳴と共に舞う血飛沫《ちしぶき》。

咄嗟に飛び下がったフェンリルへ、俺はすかさず追撃の剣を繰り出した。

ガキイイインッ！

しかしそれはフェンリルの凶悪な牙《きば》に防がれてしまう。間髪容れずにその牙で、今度は俺を噛《か》み潰そうとしてきたところへ、

「小さな赤子より、もっと旨《うま》いものを食わせてやるよ」

ズドオオオオオオオオオオオオオオオオオオンッ!!

「～～～～～～～～～～ッ!?」

その喉の奥で爆発魔法を炸裂《さくれつ》させてやったのだ。

「レッドドラゴンにトドメを刺した戦法だが……そんなに甘くはないか」

「グルアアアッ!!」

体内で凄まじい爆発が起こったというのに、即座に前脚で殴りかかってきた。

即座にリントヴルムでガードしたものの、俺は数十メートル先まで吹っ飛ばされてしまう。

木の幹に着地しながら俺は唸《うな》った。

「うーん、さすがにあの程度じゃ倒せないかー」

杖モードと違って、少し魔法の威力が落ちる剣モードではあったものの、フェンリルはそれほどダメージを受けたようには見えない。

『神話級の魔物ですから。……ご無事ですか、マスター？』

「問題ない。それより、来るぞ」

「グルアアアアアアアアッ!!」

少しは痛かったようで、激怒したフェンリルが猛スピードで躍りかかってくる。

振り降ろされた前脚を躱すと、背後の巨大な木がその鋭い爪であっさり引き裂かれた。

あの爪をまともに喰らったら、こんな貧弱な赤子の身体では一溜《ひとたま》りもないだろう。

俺は小さな身体を活かして、フェンリルの腹の下へと潜《もぐ》り込む。

そしてリントヴルムで斬りつけてやったが、分厚い毛の層によるクッション性と硬い皮膚のせいで、なかなか刃が通らない。

やはり皮膚が露出した部分や、先ほどのように柔らかい場所を攻撃するしかなさそうだな。

そのままお尻の方へと抜けていくと、鞭のようにしなりながら、巨大な尻尾が迫ってきた。

「っ！」

ちょっとした木の幹ほどの太さがある尻尾に殴られ、俺はフェンリルの顎下《あごした》まで弾き返されてしまう。

口を開けたフェンリルは、先ほど口の中に魔法を喰らった反省からか、俺を噛み殺そうとはせずに、

「オオオオオオオオオオオオオオオオンッ!!」

「～～っ!?」

放たれたのは凄まじい咆哮の衝撃波だ。

地面に一瞬にしてクレーターができるほどのそれが、頭上から降り注いでくるのだから、並の人間だったら縦方向にプレスされ、潰されていたかもしれない。

俺は咄嗟に結界を張ることで、それを防いでいた。

「お返しだ」

杖モードに変換させたリントヴルムを掲げ、まだ開いたままのフェンリルの口へ、全力の雷撃をぶっ放した。

「～～～～～～～～～～～～～～～～ッ!?」

フェンリルの全身の毛が一瞬にして逆立つ。

これで麻痺《まひ》状態になって、少しは動きが鈍ることを期待したのだが、そう甘くはなかった。

「オオオオオオオオオオオオオオオンッ!!」

間髪容れずに、再び咆哮の衝撃波を放ってきやがった。

「また結界で防ぐだけ――」

『マスターっ！』

「……マジか」

横合いから迫りくるフェンリルの爪。それが俺の結界に亀裂を生じさせ、さらに衝撃波によって結界が押し潰されてしまう。

「ぐっ……」

小さな身体に凄まじい圧が加わり、足から地中へとめり込んでいった。

慌てて身体強化の倍率を上げる。この弱い肉体を考慮して、ギリギリの負担に留めておいたのだが、どうやらこの神話級の魔物相手にはそんな余力を残していられないらしい。

衝撃波から辛《かろ》うじて逃れると、そこから再びリントヴルムを剣モードに戻して、フェンリルの顔を執拗に狙って斬りつけていく。

やはり顔が一番、防御力の低い場所のようだからな。

だがフェンリルも簡単にはやられてくれない。前脚の爪や牙、さらには衝撃波の咆哮を繰り出して応戦してくる。

「はぁはぁ……さすがにそろそろ限界っぽいな……」

段々と息が上がってきた。

一方、フェンリルは俺の攻撃でダメージを負ってはいるはずだが、それでも最初と比べて動きが鈍る気配はあまりない。

それどころか、怒りでますます苛烈になってきているほどだ。

タフさが半端ない。というか、元から肉体の強度が違い過ぎるんだよな。

『大丈夫ですか、マスター？　このままではジリ貧《ひん》です』

「可愛いリンリン、俺がただ漫然と戦っているだけだとでも？」

『……』

とそのときだ。突然フェンリルの動きが止まったのは。

「ッ!?」

なぜか急に身動きが取れなくなり、慌てるフェンリル。

その巨体を、いつの間にか漆黒の鎖《くさり》が覆い尽くしていた。

『これはまさか……』

『拘束魔法だ。戦いながら、身体中に見えない鎖をこっそり絡めさせていたんだよ』

◇◇◇

その漆黒の狼は驚愕と共に立ち尽くしていた。

『まさか、あの化け物と互角にやり合ってるなんて……大言壮語じゃなかったんだねぇ……』

魔境の森の南の主として君臨するルナガルム。

そんな彼女ですら、両者の戦いに割って入ることは不可能に思えた。

巨体を誇るフェンリルだというのに、その動きを目で追うだけで精いっぱいなのである。

身体の小さなレウスに至っては、もはやどこにいるかも分からない。

両者が激突する度に凄まじい轟音《ごうおん》が響き渡り、衝撃波が周囲の巨樹を大きく撓《たわ》ませる。

戦いに巻き込まれないよう、彼女は何度も後退して距離を取った。

『あの赤子が、この短期間にここまで成長するなんて……。いや、身体の方はほとんど変わらないっていうのに……本当に一体、何なんだい、あの子は……』

強力な武具によるサポートを受けているとはいえ、とっくに自分を超えてしまったと確信するルナガルム。

『とんでもない赤子と出会ってしまったもんだね……』

しかも勝手に母親のように慕われるわ、勝手に召喚獣にされているわ、正直言って、非常に迷惑である。

それでも、なぜか憎めないのだ。

『……負けるんじゃないよ、レウス』

小さくエールを送るルナガルム。

それが伝わったのか、やがてフェンリルの動きが止まった。

◇◇◇

「〜〜〜ッ！　〜〜〜ッ！」

急に身動きが取れなくなったことで、フェンリルが慌てている。

その巨体を目に見えない鎖が雁字搦《がんじがら》めにしていた。

「千切ろうとしても無駄だよ」

「〜〜〜ッ！」

時間をかけて、じっくり全身に鎖を絡ませていったのだ。

あちこち動き回るからかなり苦労したぞ。もちろん途中でバレてはいけないので、細心の注意を払う必要もあった。

『戦いながらこのような工作をしていたとは、さすがですね、マスター』

『まともに戦っていたら明らかに分が悪いからな。端《はな》からこれを狙っていたんだ』

鎖は地面と繋がっているので、その場から逃げることもできない。フェンリルといえど、これではもはや袋のネズミである。

「グルルルルッ！」

「とりあえず大人しく眠っていな」

「ッ……グルル……グル……」

睡眠魔法によって強制的に眠らせようとする。

興奮していることもあってなかなかしぶとく、数十分は必死に耐え続けていたが、やがて限界が来たようで、フェンリルはその場に倒れ込んだ。

『倒したのかい？』

『かーちゃん。うん、見ての通り、なんとかね』

『こんな化け物を本当にやっつけちまうとはねぇ……』

『搦め手だったけど』

『それで、こいつをどうするつもりだい？　トドメを刺すのかい？』

トドメを刺すなら手伝うぞ、という目で見てくるかーちゃん。

俺は首を横に振った。

『殺すのはちょっと待って。とりあえず、フェンリルがこんな状態になってる原因を調べてみたいから』

明らかに普通の状態ではなさそうだった。リントヴルムが言う。

『見た感じ、狂化状態になっているように思います』

「うん、その可能性は高そうだね」

狂化。簡単に言うと理性を失っている状態のことだが、その原因は様々だ。

だが状態異常の一種なので、治癒魔法で回復する可能性がある。

俺は眠っているフェンリルに、内外聯絡《れんらく》式完全再生魔法を使った。

強烈な治癒の光がフェンリルの全身を包み込む。

「これでどうだ？」

『どうでしょう？　いったん起こしてみては？』

覚醒魔法を使うと、フェンリルがブルブルっと大きな身体を震わせた。

ゆっくりと瞼《まぶた》が開いていく。その瞳には、先ほどまではなかったはずの理性の光らしきものが窺えた。

『我は一体……？　む？　これは……』

身動きが封じられていることに気づいて、訝《いぶか》しそうにするフェンリル。

『覚えてないの？　狂化状態になって、暴れまくってたんだけど』

『人間の赤子？　この鎖はお主が？　むう、言われてみれば、微《かす》かに記憶が……』

ちゃんと話が通じる。どうやら理性を取り戻してくれたようだな。

俺は詳しい状況を説明した。

『我が狂化状態になって、暴れ回っていたと……？　ということは、この森の有様も、我のせいということか……』

周囲を軽く見回してから、恥じ入るように身体を小さくするフェンリル。

『お主が我を正気に戻してくれたのか？』

『うん』

『なんとかたじけない』

フェンリルが頭を下げてくる。もう暴れることはないと思うので、俺は鎖を解いてやった。

『何でそんな状態になっていたか、覚えてないの？』

『それがまるで記憶にないのだ』

フェンリルほどの魔物が、何もなくあんな状態に陥るとは思えない。

その原因は大いに気になるところだが、当人が覚えていないのなら探りようもなかった。

『そもそも我はこの森で眠っていたはずだったのだが……どうやって目を覚ましたのかも思い出せ

ぬ』

　ちなみに強力な魔物であるほど、よく寝るのはあるあるだ。

　中には何百年もずっと起きないような魔物もいたりする。恐らく起きているとエネルギーの消耗が激しいのだろう。

　今回フェンリルが暴れたことで魔境の魔物が次々と森から逃げ出したように、周囲の環境を大きく変えてしまう存在なので、眠っていてくれた方が正直ありがたい。

『また寝るの？』

『うーむ、どうしたものか。また同じことになると困るし……』

　俺はかーちゃんに言った。

『かーちゃん面倒見てあげてよ』

『……何でそうなるんだい。嫌に決まってるだろう、こんな化け物。どう考えてもあたしの手に余るよ』

　全力で拒否されてしまう。

　狼たちのボスであるかーちゃんだが、さすがにフェンリルはごめんだという。

『あんたはどうにかできないのかい？』

『そう言われても、こんな大きな魔物を連れていくわけにはいかないしなー』

　するとフェンリルが「わう！」と吼えた。

『それならいい方法があるのだ。見ているがいい』

何をするのかと思っていると、フェンリルの身体が淡く輝き出した。

かと思うと、段々とその巨体が小さくなっていく。

輝きが収まり、やがてそこに現れたのは、二十歳くらいの長身美女だった。

このフェンリル、雌《めす》だったのか。

「これでどうだ？　人化の魔法というらしいが、ちゃんと人間の娘の姿に見えるだろうか？」

白銀の髪からは狼の耳が飛び出し、お尻からは尻尾が伸びている。

だがそれ以外は、まさに人間の女性にしか見えない。獣人としてならもはや完璧だろう。

しかも見事なスタイルだ。張りのある大きな双丘《そうきゅう》に、くびれた腰、上向きのお尻。

そして一糸纏わぬ全裸である。

「この姿ならエネルギーの消耗も抑えられるのだ。そして何より、お主には助けてもらった恩があるからな。もしお主が認めてくれるのであれば、その恩に報いるため我の力を貸そうではないか」

言われるまでもなく俺は即断した。

「よし、連れていこう」

『鼻が膨らんでいますよ、エロマスター』

とはいえ、さすがに全裸のままというわけにはいかない。

確か、亜空間の中に女性モノの服があったはず。こういうこともあろうかと、ファナやアンジェの下着や服をこっそり保管しておいたのだ。

『マスター、それは完全に下着泥棒だと思いますが？』

いやその前に生の胸を味わっておくか。俺はフェンリルの胸に飛びついた。

「む？」

「人間の世界では、こうやって赤ん坊を抱っこするものなんだ」

「なるほど」

ふむふむ、やはりこれは良い乳だ。

柔らかいのに弾力もあって、何より揉《も》みしだいてみても当人が平然としている。

人化していてもフェンリルなので、その辺の感覚が人間とは違うのだろう。

『何をやっているのですか……。そろそろ服を着せてあげてください』

しっかり生乳を味わってから、俺はフェンリルに服を渡した。

「これを身に着ければよいのか？　……むう、なんだか、暑苦しくて動きにくい。人間は不便だな」

「そうだね。だから夜寝るときは全部脱いじゃったりするんだ」

「そうなのか。確かにこれで寝るのは寝心地が悪そうだ」

『……誤った情報を教え込むのはおやめください、マスター』

◇　◇　◇

「はあああああああっ！」

全長四メートルを超えるカバの魔物へ、厳《いか》つい顔をした巨漢が裂帛《れっぱく》の気合いと共に大剣を振り下ろす。

ドオオオオオオンッ!!

刀身がカバの頭に激突した瞬間、凄まじい爆発と共に頭蓋ごと弾け飛ぶ。

デビルヒッポーと呼ばれる危険度Ｂの魔物だったが、爆発を伴う強烈な一撃を前には、一溜りもなかったようだ。絶命した巨体が、地響きと共に地面に倒れ込む。

「グルアアアアッ!!」

「っ!?　……邪魔だ！」

ドオオオオンッ！

「〜〜〜〜〜ッ!?」

間髪容れずに背後から襲いかかってきた獅子《しし》の魔物を、巨漢は再び爆発を伴った斬撃によって粉砕した。

強力な魔境の魔物を次々と仕留めていくその巨漢の名は、ガリア＝ブレイゼル。

この辺境の地を守護するブレイゼル家の現当主だ。

魔法を帯びた剣――魔法剣を得意とする彼は、魔法使いでありながら剣の腕も超一流。

その剛腕から繰り出される斬撃だけでも、危険度Cのオーク程度ならば一刀両断できる威力がある。そこへ爆発魔法が加われば、魔境の魔物ですら一撃で打ち倒してしまうのも当然と言えるだろう。

その様子を見ていた配下の魔法使いたちが、その戦いぶりを称賛する。

「さすがご当主様だ……っ！」

「あれがご当主様の十八番〝爆魔剣〟か……っ！」

さらに、ガリアに比肩する魔法使いである妻のメリエナも、今頃は別の場所で魔物の討伐に奮闘しているはずだった。

もちろんブレイゼル家には、他にも優秀な魔法使いたちが大勢いる。

「だ、だが、幾ら何でも、この数は……」

「しかもまだ続々と魔境から魔物が……っ！」

「城壁だって、いつまで持つことか……」

彼らが言う通り、状況は非常に悪かった。

要塞都市である領都ブレーゼは現在、魔境の魔物による襲撃を受け続けていた。

都市を護《まも》る堅固な城壁も、魔物によって破壊され続けており、このままではいつ突破されて街中への侵入を許してもおかしくない状態だ。

魔境の森の異変。

普段、滅多に森から出てくることなどないはずの魔物たちが、どういうわけか次々と魔境を抜け出し、押し寄せてきているのである。

ブレイゼル家の記録に残る限り、このような異常事態は初めてのことだった。

魔境の森の魔物から国を護るため、この地の統治を任されていると言っても、やることはせいぜい、縄張り争いなどに負けて森から逃げて南下してくる魔物に対処する程度。

これほど大規模なスタンピードなど想定してはいなかった。

「はぁはぁ……くっ……このままでは……っ！」

苦しそうに顔を歪め、息を荒らげるガリア。

魔法剣を連発し続けたせいで、すでに魔力が枯渇《こかつ》しかかっているのである。

他の魔法使いたちも似たような状態だ。

彼らにとって魔力の欠乏はもっとも避けなければならないことなのだが、残念ながら魔力を回復するための休息を取る余裕すらない。

「コレだけは使いたくなかったが……こうなったら、致し方ないか……」

ガリアが何か覚悟を決めるように呟いた、まさにそのときだった。

突然、魔物たちが一斉にその動きを止めた。

「何だ……？　何が起こった？」

訝るガリアの前で魔物が次々と踵を返したかと思うと、魔境の森に向かって走り出す。

「森に……戻っていく……？」

まるで波が引いていくかのように、都市を襲っていた魔物が魔境へ撤退していったのである。

まったく予期していなかった結末に、ガリアは呆然とその場に立ち尽くすしかない。

「な、何が起こった……？　そういえば……先ほどからずっと、森の方から聞こえていた轟音が……収まっている……？」


その後もしばらくは厳戒態勢を敷いていたが、再び魔物が森から押し寄せてくることはなかった。

「一体何だったのだ……？　調査団によれば、今回のことで森の勢力図が大きく変わったそうだが……結局その原因は分からないまま……」

「それでも、無事に都市を護ることができて助かりましたわ。ブレイゼル家の面目も保たれましたし」

「そうだな。やはりこの地の守護には我が家の力が必要だと、王家も再認識したに違いない」

そんなふうに当主夫妻が頷き合っていたときだった。

彼らに驚くべき情報がもたらされたのは。

「なに？　レウスという名の赤子が、ベガルティアにいるだと？　まさか……」

第三章　フェンリルの試験

『もしかしてかーちゃんも人化できたりするの？』

『あたしにそんな真似できるわけないだろう？』

『そうなんだー』

『……何でそんなに残念そうなんだい？』

呆れたように溜息を吐くかーちゃん。

いや、まだ諦めるには早い。フェンリルにやり方を教われば、かーちゃんもできるようになるかもしれない。

『人化の魔法には膨大な魔力が必要となります。それこそ、フェンリルのような神話クラスの魔物にしか不可能でしょう』

リントヴルムに一蹴《いっしゅう》されてしまった。

ああ、さようなら、かーちゃんの胸……。

『それはそうと、他の縄張りの主たち、全滅しちゃったね』

『そうだねぇ。だけど、あたしが一人で支配するにはこの森は広すぎる。放っておけば、そのうち新しい主が生まれてくるだろうさ』

そうして俺はかーちゃんと別れ——ついでに子狼たちとちょっと遊んで——ファナたちの待つベガルティアに戻ることに。

もちろんフェンリルも一緒だ。

「帰りは普通に戻らないといけないんだよね」

転移魔法は、まだこの赤子の身体では難しいし。

「主よ。我が背中に乗っていくとよい」

「いや、元の姿を見られたらパニックになるから」

「む？　ダメなのか？　ならばこの姿のまま走るとしよう」

「それは良いアイデアかも。ただし背中じゃなくて、前の方で」

そうして俺を抱っこしたフェンリルが、地面を蹴って走り出す。

あっという間に魔境の森を飛び出したかと思うと、遠くに見える城壁が見る見るうちに大きくなっていく。

「おおっ、さすがフェンリル。人化してもめちゃくちゃ速い」

「褒《ほ》めてもらえて光栄だ」

この様子なら俺が空を飛ぶよりも早く街に戻れるだろう。それに何より。

ぼいんぼいんぼいんっ！　揺れまくる胸に挟まれて、大変至福である。

途中で魔物と何度もすれ違った。恐らく森にいつもの平和が戻ったことを感じ取って、引き上げているのだろう。

フェンリルが速すぎるせいか、こちらにはほとんど気づいていなかった。

「ところで、名前を付けた方がよさそうだね」

「名前？」

「うん。さすがにフェンリルって呼ぶのもアレだし。そもそも名前とかないの？」

「うむ、今まで誰かに特定の名で呼ばれたことはない」

「じゃあ、リルって呼んでもいい？」

「もちろん構わぬぞ。何となく良い響きのような気がする」

やがて俺の生まれた場所である都市のすぐ傍《そば》を通過する。

城壁があちこち破壊されているようだったが、何とか突破されずに済んだ様子だ。

すぐに捨てられたせいで、まったく思い入れなんてないが、それでも大した被害が出ずによかったと思う。

◇　◇　◇

「間に合ってくれればよいのだが……」

ひたすら馬を走らせながら、クリスは故郷を案じていた。

すでに実家を出た身ではあるが、さすがに故郷の危機とあっては、心優しい彼女には捨ておくことなどできなかった。

「あの父上の焦った様子……恐らくよほどの状況のはずだ。私一人の力が、どれほど役立つか分からないが……。いや、幸い私は冒険者になってから、あの治療のお陰もあって、以前より遥かに強くなったはずだ。今こそ、その成長した力を見せるべきときだろう」

そう強く決意を口にした、そのときである。

馬上で遥か前方を睨んでいた彼女の視界が、こちらへと近づいてくる小さな人影を捉えた。

「む？　何だ？　向こうから走ってくるのは……？」

最初に気づいたときは、せいぜい豆粒ほどの大きさでしかなかった。

だがそれが見る見るうちに大きくなっていく。やがてあっという間に若い女性だということが分かる距離になって、何かを胸の前で抱えているのが見えた。

「こちらも馬に乗っているとはいえ、さすがに速すぎるような――」

ぎゅんっ！

「…………は？」

交錯は一瞬のことだった。

空気を引き裂くような音と共に何かがすぐ近くを通り過ぎ、辺りに暴風が吹き荒れる。

振り返ったときにはもう、その女性の背中は遥か彼方にあった。

「い、一体、何だったのだ……？」

その後、必死の思いで実家に戻った彼女が知ったのは、すでに魔物が森へと戻っていったという話で。

完全な無駄足に、彼女はがっくり項垂《うなだ》れたのだった。

◇◇◇

「あ、戻ってきたのね。……って、誰よ、その女？」

「獣人？」

冒険者の聖地と言われているベガルティアへと戻ってきた。アンジェとファナが、俺を抱えたリルを見て、訝しそうな顔をする。

「仲間にしたんだ」

「仲間、ねぇ……」

リルの胸の辺りをマジマジと凝視するアンジェ。

「……いかにもあんたの好きそうなタイプね？」

「たまたまだよ、たまたま」

まさか人化してこんな姿になるとは思っていなかったからな。

というか、俺が無類の巨乳好きなこと、もしかしてアンジェにバレてる……？

『むしろバレていないとでも？』

「我はリルという。我が主には恩があり、それに報いるためこうして同行を許してもらった。以後よろしく頼む」

リルが生真面目に挨拶《あいさつ》する。

「ん、ファナ。よろしく」

「あたしはアンジェよ。……その恩っていうのは？」

「実はね――」

二人に詳しい経緯を説明すると、そろって目を丸くした。

「フェンリル？」

「って、神話級の魔物じゃないのよ!?　でも、この姿は……？」

「今は人化してるんだ。本当はレッドドラゴンより大きいよ」

「そんなのが暴れ回ってたのが、魔物の大移動の原因だったたってこと……？　それ、よくどうにかできたわね……」

「さすが師匠。フェンリルを手懐《てなず》けた。すごい」

ファナが賞賛する一方、リルが獣耳を萎《しお》れさせながら言う。

「理性を失ってしまうなど、我ながら恥ずかしい限りだ。正気に戻してくれた我が主には、感謝しかない」

「気にしなくていいよ（もみもみ）」

胸を揉みながら慰める俺に、リルが目を輝かせた。

「おお、なんと寛大なお方なのだ……。その歳にしてその寛容な精神、もはや聖人君主と言っても過言ではないだろう」

『聖人君主はそんなふうに胸を揉んだりはしませんが？』

そのときリルのお腹《なか》から、ぐうううう、という大きな音が鳴った。

「リル、お腹空いたの？」

「そのようだ。随分と走ったからな」

「じゃあ、ご飯にしよっか。この宿の食事、結構おいしいよ」

「かたじけない」

恐縮するリルを連れて、宿に併設されているレストランへ。

そうして俺たちは知ることとなるのだった。

人化したフェンリルの、恐るべき喰いっぷりを。

「むしゃむしゃむしゃ……おかわり！　これとこれとこれとこれを、もう五皿ずつ頼む！」

上機嫌になったリルが、空になったお皿を指さして店員に注文する。

「……すごい」

「まだ食べるの……？」

それを呆れ顔で見つめるファナとアンジェ。

普通の人と比べれば二人もずっと大食いなのだが、もうとっくに食べ終わって、ただただリルの終わらない食事を呆然と見るだけの時間となっていた。

他の客や店員に至っては、もはや化け物を見るような顔をしている。

「それにしても人間の作る料理は本当に美味《うま》いのだな！　扱い辛い身体だが、こんなものを毎日食べれると思うと、その程度の苦など軽く吹き飛ぶぞ！」

目を輝かせるリルだったが、そこへ申し訳なさそうに店員が戻ってきた。

「も、申し訳ございません……いただきましたご注文ですが、すでに食材が底をついてしまったようでして……」

「む？　ということは？」

「残念ですが、ご用意できないのです」

「むう……それは仕方がないな……まだ腹半分しか満たされていないが……」

「「それで半分!?」」

誰もがそろって驚愕の声を上げる。

ていうか、すでに五十人前以上は平らげてると思うんだが……。

そして当然のごとく、支払額が物凄いことになってしまった。

「ちょっと、毎回こんな金額を食べられていたら、幾ら最近かなり稼いでるからって、さすがに赤字になっちゃうんだけど？」

詰め寄ってきたのはアンジェだ。

うちのパーティのお金の管理は彼女の役目なのである。

俺もファナもお金には無頓着《むとんちゃく》で、どんぶり勘定だからな。アマゾネスなのに、アンジェは意外とその辺きっちりしているのだ。

「赤字？」

「え、もしかしてお金の概念とか分からないのかしら……？」

「むう……済まぬ。生憎《あいにく》と人間たちの文化や風習には疎《うと》いのだ。しかし恩を返すと言いながら、主に迷惑をかけることになるとは……何たる不覚……」

反省して獣耳が萎れてしまうリルに、アンジェは言った。

「と、とにかく、あんたにはそれ相応の働きをしてもらうわ！」

そんなわけで、依頼をこなしてお金を稼ぐため、俺たちはベガルティアの地下に広がるダンジョンへとやってきた。

「ふん！」

「ギャアアアアアアアッ!?」

リルの蹴りを喰らった魔物が、断末魔の叫びと共に吹き飛んでいく。

それを見て、ファナとアンジェが呆然とする。

「……強い」

「今の、危険度Aの魔物なんだけど……それを瞬殺とか……」

「人化してると言ってもフェンリルだからね。本来だったらたぶん、危険度Sのさらに上だろうし」

ここはダンジョンの四十階層だ。ファナとアンジェも武器の更新によって戦力を上げたこともあって、少し深めの階層まで潜ってきたのである。

「どうだろうか？　我も役に立ててるだろうか？」

「うん、十分だね」

フェンリルだけあって、俊敏さではファナを上回り、パワーでもアンジェを上回っている。一つ欠点があるとすれば、力の加減や細やかな動きが苦手な点だろう。

「はぁっ！」

リルの拳を受けて弾き飛ばされた蛙《かえる》の魔物が、壁に激突してべちゃりと潰れる。

完全にオーバーキルである。

「オアアアアアアアアッ！」

「む？」

直後に背後から襲いかかってきた蛇《へび》の魔物が、リルの上半身にガブリと噛みついた。

しかし次の瞬間、蛇の頭が爆散する。

「ちょっと、あんた、大丈夫なの!?」

「問題ない。ちょっと齧《かじ》られただけだ。……む？　思ったより血が出ている？　あと、頭がくらくらしてきたような……？」

「ん、毒受けてる」

「どこが問題ないのよ!?」

あと、防御に無頓着だ。

フェンリル状態のときの感覚が抜けないのか、平気で攻撃を受けたりしてしまう。

人化してもそれなりの頑丈さなので、そう簡単には致命傷にはならないだろうが、いちいち治療しなければならなかった。服も破れてしまうし。

俺はリルに言い聞かせる。

「リル、なるべく攻撃は避けるようにしてね？」

「むう、すまぬ、主よ。迷惑をかけてばかりだ……」

そんなポンコツなところもある狼だが、彼女の働きもあって依頼はあっさり完遂した。

「それよりさ、リル。今日はそのまま潜ってきちゃったけど、せっかく人の姿をしてるんだし、冒険者登録してみたらどうかな？」

「冒険者登録……？」

「冒険者になっておけば、依頼を成功させたときに報酬を貰えるようになるんだ」

通常の依頼ではその報酬総額が変わらないため、四人で分けることになってしまうのだが、依頼の中には一人当たり幾らという形となっていて、人数が多いほど稼げるようなケースもあった。

なので少しでも収入を得るためには、リルも冒険者になってもらった方がいい。

「我が主が言うなら否はない。その冒険者登録とやらをしよう」

忠誠心を示すリル。

その素晴らしい心意気に応え、俺はその大きな胸に全身を埋《うず》めた。ぐへへへ……。

『……しかしマスター。冒険者登録には、試験をパスする必要があります。実技は余裕でしょうが、フェンリルに筆記試験を合格できるとは思えません。マスター以上に、人間の常識など知らないでしょうから』

「その心配は要らないぞ、リンリン」

対策はしっかり考えてあるのだ。

それから数日後、冒険者になるための試験が開催され、リルはそれを受けることに。

もちろん正体がフェンリルであることは隠してある。

『我が主よ。試験とやらが始まったぞ』

『よしよし、それじゃあ、紙を配られたと思うんだが、今からその文字を読んでもらえるかな？

……あ、もちろん、声に出しちゃダメだよ』

俺は筆記試験を受けているリルと、念話を通してやり取りしていた。

『なるほど。念話で答えを教えるつもりですか。もはや完全な不正ですね』

ははは、バレなきゃ不正じゃないんだよ、バレなきゃ。

呆れた様子のリントヴルムを余所に、俺はリルから問題文を教えてもらう。

『――という問題だ』

『ふむふむ……』

『解答の方にはなんと書けばよいのだ？』

『ええと……その答えは……』

『答えは？』

『……………………ヤバい、俺にも答えが分からない』


『常識に欠けた者同士では成立しないやり方でしたね、マスター』

仕方がないので、ファナやアンジェにも頼ることにした。

彼女たちから答えを教えてもらい、それをリルに伝えていく。

お陰で少し時間がかかってしまい、完答したときにはすでに時間ギリギリだったが、こうしてどうにかリルは筆記試験を乗り越えたのだった。

ちなみに点数は九十点という高得点だったようである。

「筆記さえ合格できれば、あとは余裕だよね」

リルは神話級の魔物であるフェンリルだ。

人型では能力が半減してしまうようだが、それでもAランク冒険者であるファナやアンジェを軽く凌駕《りょうが》する実力がある。

冒険者になるための試験くらい、簡単に突破できるだろう。

不安があるとすれば、人間の常識がない彼女を単独行動させて大丈夫かという点だが、

「心配は要らない。与えられた課題をその通りにやるだけなのだろう?」

「そうだよ。試験官の言うことをよく聞くようにね」

「承知した」

「一応、筆記のときみたいに念話ができるようにしておくから。何かあったら質問してよ」

「大丈夫だ。主の手を煩《わずら》わせるようなことはしない」

◇◇◇

二十歳前後と思われる青年が、集まった受験者たちに告げた。

「それではこれより実技試験を行う」

彼はBランクの冒険者で、今回の実技試験の試験官を担当することになっていた。

さらに二人のCランク冒険者がサポートとして帯同し、合計三人で審査する予定である。

リルを含む筆記試験の突破者計十二名が集合しているのは、冒険者ギルドの地下だ。

どうやら実技試験は、『ベガルティア大迷宮』内で行われるらしい。

「試験会場はここの三階層。主にコボルトが棲息《せいそく》するフロアだ」

その後、試験官たちに連れられ、一行はダンジョンの三階層へとやってきた。

ここベガルティア大迷宮は、下層に潜るほど強力な魔物や凶悪なトラップが出現するようになっているのだが、ここ三階層の難易度は非常に低く、初心者向けと言っても過言ではない。

そんな三階層に多く生息しているのが、犬の頭を持つ二足歩行の魔物、コボルトだ。

最弱の魔物として知られるゴブリンよりも、少しばかり強い程度である。

とはいえ、この試験に挑戦しているのは、まだ冒険者にすらなっていない、大半が十代半ばほどの若い受験者たち。

たかがコボルトと言っても、決して油断していい魔物ではなかった。

「（……ふむ。今回のメンバーたちは、いい意味で慎重な者が多いようだな）」

しっかり周囲を警戒している受験者たちを見て、試験官の青年が秘かに感心する。

血気盛んな受験者の中には、コボルトを侮《あなど》って、痛い目を見る者も少なくないのだ。

「（それにしても……この辺りではあまり見かけないタイプの獣人だが……）」

そんな中、彼がもっとも注目していたのは、獣人と思われる女性だった。

犬の獣人のようにも見えるが、愛くるしい顔つきが多い彼らと違って、シャープで凛《りん》とした顔立ちをしている。

年齢は二十歳ぐらいか。受験者たちの中では少し年長の部類に入るだろう。

と、そこで彼はあることに気づく。

「……変だな？　さっきからまるで魔物と遭遇しない」

三階層まで下りてきて、すでに十分ほどは経っている。

数の多いコボルトとは、とっくに遭遇していてもおかしくないはずだった。

「ええと、珍しくなかなかコボルトを見かけないが……この間に、今回の試験内容について詳しく説明しておくとしよう。この三階層には、階層ボスと呼ばれている魔物がいる。それはコボルトの上位種であるエルダーコボルトだが、こいつをお前たち全員で討伐してもらう。その戦いの様子を見て、合否を決定することになる」

このダンジョンには、各階層に階層ボスと呼称される魔物が棲息している。

その階層にいる通常の魔物と比べて強力で、ダンジョン初心者が誤って遭遇してしまい、全滅させられるということが、年に数回は発生していた。

出現場所がほぼ固定されているので、情報さえあればそんな悲劇は簡単に避けられるし、もちろん冒険者ギルドも、必ず新人への説明を行っている。

それでも一部の新人がお約束のように階層ボスにやられてしまうので、最近はこうして試験と併せて、注意喚起するようにしたのである。

実際にその目で階層ボスを見ておけば、身をもってその危険性を知れるはずだった。

それからさらに十分が経過し、試験官の青年は思わず呟く。

「……明らかにおかしい」

階層を随分と進んできたにもかかわらず、まだ一度たりとも魔物を見かけていないのだ。

まるで魔物の方が彼らを怖れ、逃げているかのようである。

「何度か同じ試験を受け持ってきたが……こんなこと一度もないぞ？」

「わ、私もです」

「こんなに魔物に出会わないなんて……」

他の試験官たちも首を捻《ひね》っていた。どうやらそれくらい珍しい状況らしい。

そのとき受験者の一人が何かに気づいて、「あ！」と声を上げながら指をさした。

「あそこにコボルトがいる！」

「本当かっ？」

みんなの視線が一斉に指が向く方へ。

すると確かにそこには一体のコボルトの姿が。

「どうやらたまたま遭遇しないだけだったようだな」

「でもあのコボルト、なんか様子が変じゃないですか……？　まるでこちらに怯えているような……」

試験官たちがそんなやり取りをした直後、そのコボルトが踵を返したかと思うと、逃げるようにダンジョンの奥へと走っていってしまった。

「一体、何が起こっているんだ……？」

……彼らは知らなかった。

今この受験者たちの中に、コボルトが本能的に怖れる存在が交じっているということを。

「もうすぐ階層ボスのいるところだが……結局あれから一度もコボルトを見かけなかったな」

試験官を務めるBランク冒険者の青年は、何度も首を捻っていた。

「しかも唯一発見したあのコボルト、明らかに俺たちから逃げているようだった。確かに魔物の中には、実力差を理解して逃走するようなものもいるが……コボルトにそんな知能はないはず……」

そうこうしているうちに、一行は階層ボスの〝巣〟へとやってくる。

そこにいたのは、数体のコボルトを周囲に侍《はべ》らせている、身の丈二メートルに迫る巨漢コボルトだった。体格はもちろんのこと、その威圧感や迫力が、通常種とは明らかに違う。

「あれが階層ボス……」

「……っ、強そう」

頬を引き攣《つ》らせる受験者たちに、試験官の青年が告げる。

「あれがエルダーコボルトだ。先ほど伝えた通り、手下のコボルトも含め、お前たちだけで討伐してもらう。なに、十二人もいれば討伐自体はそれほど難しいことではない。ただ、奴の攻撃には注意しろ。当たり所が悪ければ、即死するかもしれない。多少の怪我なら治療してやれるが、死なれたら手の施しようがないからな」

受験者たちがますます顔を強張らせる。

そんな中、平然とした様子で前に出ていく者がいた。

「あの魔物を討伐できれば、試験に合格ということでいいのだな？」

獣人美女である。

彼女は何の武器も持たず、エルダーコボルトに向かって一人すたすたと歩いていく。

そのあまりの自然体で美しい歩き姿に、誰もが一瞬目を奪われ、その場から動くことができなかった。

その結果、獣人美女は単身でエルダーコボルトたちと対峙《たいじ》することとなってしまう。

接近に気づいたようで、ボス一行が視線を彼女に向けた、次の瞬間だった。

「「「～～～～～～～～～～～～～ッ!?」」」

突然、配下のコボルトたちが声にならない雄叫《おたけ》びを上げたかと思うと、一斉にその場から逃げ出してしまう。

「ワ、ワウワウワオオオオンッ!!」

逃げるな、とばかりに慌てて吠《ほ》えるエルダーコボルトだったが、その命令に応じるものはいない。

手下に裏切られ、一体だけになってしまったエルダーコボルトは、階層ボスとしてのプライドか、獣人美女と対峙しようとする。しかしそれも一瞬のことだった。

「ク、クウウウンッ！」

そんな情けない鳴き声を上げると、すぐに尻尾を巻いて逃走してしまう。

「「「え？」」」

目の前で起こった謎の光景に、試験官たちも受験者たちも呆気にとられるしかない。

「階層ボスが……逃げ出した、だと……？」

「私たちを見て、って感じじゃなかったですよね……」

「……明らかにあの受験者を怖がって逃げたように見えたが」

経験豊富な試験官たちでも、階層ボスが逃走する光景など目撃したのは初めてだ。

こうなると、ここまでコボルトをほとんど見かけなかったのも、あの獣人美女のせいだと推測するしかない。

「逃がしはしない。我が主のために合格しなければならないのだ」

そう告げた直後、獣人美女の姿が掻《か》き消えていた。

いや、地面を蹴って、逃げるエルダーコボルトを追いかけたのだ。

「な、なんて速さだ!?」

試験官の青年が叫んだときには、すでに百メートル以上先を走っていたエルダーコボルトの背中に、獣人美女が飛び乗っていた。そのまま頭部を無造作に掴み、捻る。

バギバギバギバギッ。

首が一回転半ほどして、巨漢が勢いよく地面に倒れ込んだ。

そうしてピクリとも動かなくなる。

どうやらエルダーコボルトは絶命してしまったらしい。

「い、一瞬で、階層ボスを……」

「な、な、な、何者なんだ、あの獣人は……っ!?」

驚愕する一行の元へ、獣人美女がずりずりと階層ボスの死体を引き摺《ず》りながら戻ってくる。

「倒したぞ。これで合格だろう?」

試験官たちが呆然としていると、彼女は訝しげに首を傾げ、改めて問う。

「どうした?　合格ではないのか?」

「ご、合格、だ……」

困惑しつつも、辛うじて青年が合格を言い渡すと、獣人美女は満足そうに頷いた。

「ふむ、そうか。しかし、随分と簡単な試験だったな」

一方、たった一人の受験者に階層ボスを倒されてしまったことで、他の受験者たちは当然の疑問を抱いたのだった。

「「俺たちの実技試験……どうなるんだ……?」」

第四章　魔導飛空艇

実技試験が終わって、リルがダンジョンから戻ってきた。

「合格したようだ」

「さすがだね、リル。それじゃあ、ギルド証を受け取りにいこっか」

訊けば、ダンジョンの三階層にいる階層ボス、エルダーコボルトを討伐するというのが、実技試験の内容だったらしい。

「情けないことに我を見るなり逃げようとしたが、追いかけて仕留めたのだ」

「か、階層ボスが逃げようとした……？」

「初めて聞く」

驚くアンジェとファナ。するとリントヴルムが、

『コボルトは犬系の魔物ですし、人化していても本能で危険な相手だと悟ったのでしょう。正直、まともな実技試験にならなかったのでは？』

その指摘通り、合格したのはリルだけで、他の受験者たちは再試験になったという。

「ありゃりゃ、それは悪いことしちゃったね」

『マスターも合格者一人でしたが』

『あれは不可抗力だから仕方ないでしょ』

そうして窓口に行くと、受付嬢が「え？　これ、本当ですか？　間違ってない？」と何度も他の職員に確認しながら、リルのギルド証を発行してくれた。

「いきなりBランクだね」

「……それは確かに、何度も確認したくなるわ」

「ん、普通はEランクから」

よっぽどの実績があればDやCランクからの場合もあるが、新人はEランクからのスタートが基本なのだ。

「我が主よ、これは凄いのか？」

「僕と同じだから凄いよ」

俺もBランクからだったな。

ボランテにいた受付嬢イリアがめちゃくちゃ驚いていたっけ。

……彼女もなかなか良い胸をしていたなぁ。

また機会があればぜひ抱っこしてもらいたい。

「ええと……どうやら試験の結果だけではなく、みなさんのパーティの一員であることも評価されたようです」

と、目の前にいる受付嬢が説明してくれる。

ギルドには色々と貢献してきたし、配慮してくれたのかもしれない。

パーティで一人だけ低ランクだと、受けられる依頼に制限がかかったりするため、ありがたいことだった。

「せっかくだし、何か依頼でも受理してこようかな」

すると受付嬢が、とある依頼を提案してきた。

「実は、ぜひ皆様のパーティに受けていただきたい依頼がありまして……こちらなのですが」

「ふむふむ、盗賊団の討伐ね」

ここベガルティアから王都へと向かう主要な街道に、最近よく出没する盗賊団で、ギルドも全力を挙げて調査しているものの、未《いま》だに拠点すら判明していないという。

「そうなのです。特に輸送中のダンジョン資源ばかりが狙われていまして」

ダンジョンで採れる資源は貴重で、それを各地に売ることで莫大な利益を得て、発展してきたのがこの街と冒険者ギルドである。

それを横取りする盗賊の存在など、許しておけるはずもない。

「当然、輸送の際には、必ず実力のある冒険者たちを護衛に付けているのですが……夜中に突如として現れ、信じられない手際で物資を持ち去ってしまうのです」

ほとんど戦闘すら起こらず、気づいたときにはいつも、すでに物資を奪われてしまった後だという。

「冒険者たちによると、まるでエスケイプリザードのように忽然と姿を消してしまった、と」

「Aランクの昇格試験のときに捕まえた、あのカメレオンみたいな魔物のことね」

アンジェが頷く。

エスケイプリザードは、周囲の景色に溶け込む能力を持った魔物だ。

「うーん、何かそういう魔法でも使ってるのかな？」

「ん、盗賊にしては珍しい」

ともあれ、成功報酬もよさそうだったので、俺たちはこの依頼を引き受けることにしたのだった。

そして商人の一団に、護衛として同行することに。

彼らは冒険者ギルドと契約している商人たちで、これから街道を通ってダンジョン産の品物を王都に輸送するらしい。

「俺がこの隊商をまとめるリーダーだが……」

四十代半ばほどのおっさん商人が、俺たちを見て疑問を口にする。

「こんな若い女ばかりのパーティで本当に大丈夫なんだろうな？　赤子もいるし……冒険者ギルドからは、一番優秀なパーティを付けるって聞いてるんだが？」

「心配は要らないわ」

アンジェが自信満々に断言した。

「その評価で間違いないから、大船に乗ったつもりでいなさい」

「……まぁ、その言葉を信じるしかねぇか」

それから商人たちは、現在の窮状を教えてくれた。

彼らは冒険者ギルドから商品を買い取っているようで、各地でそれを売ることで初めて利益になるという。

それゆえ途中で盗賊に商品を奪われようものなら大損害である。

「いや、ほんと商売あがったりでよ。このままじゃ廃業しちまう」

盗賊団のせいで、最近は王都方面への商売を控えているらしい。

そして彼らのような商人たちが買い取ってくれなければ、当然ながらギルドも冒険者も大きな打撃を受けることになる。

「本来なら、この街道に盗賊なんてほとんど出ないんだ。なにせ、冒険者の聖地と言われるベガルティアと王都を結ぶ街道だからな。ここで悪さをするということは、冒険者ギルドや王都に喧嘩《けんか》を売るようなもんだ。盗賊なんてすぐに取っ捕まっちまう……はずだった」

だが最近この街道に現れる盗賊団は、一向に捕まる気配がないという。

「実は俺も一度やつらにやられたんだが、本当に一瞬のことだった。こっちにはBランクの冒険者が五人もいたんだが、彼らによると気づいたときには積み荷がなくなっていたらしい。夜中のことで寝ていた俺も、騒ぎですぐに目を覚ましたんだが、そのときにはもう、犯人たちの姿はどこにもなかった」

受付嬢の言っていたことと、おっさんの証言が一致している。

「とにかく夜に注意ってことね」

「ん。起きてるの大変」

「……あんたは苦手だものね。昼のうちに寝てた方がいいと思うわ」

「そうする」

そうして隊商が出発した。

俺たちは常に商品を見張っていられるようにと、馬が引く荷車の隅に陣取っている。

なかなか狭いスペースだが、ファナは気にせず横になって、すぐに寝息を立て始めた。

「暇《ひま》だし僕も寝てよっと。何かあったら起こしてね」

俺はファナの胸元へと潜り込む。

「任せるのだ。我は人間より遥かに耳や鼻が利く。怪しい者が近づいてくれば、たとえ寝ていようがすぐに分かるはずだ」

胸を張って請け合うリル。なかなか頼もしい。

昼間は何事もなく順調に進み、やがて日が暮れてくると、商人の一団は何もない街道沿いで停止した。

「今日のところはここまでだ」

どうやら今夜はここで野宿をするようで、商人たちが手際よくテントを張っていく。

商品が入った木箱を荷車ごとすべて中央に集め、その周囲を囲むようにテントが配置された。

テントとテントの間には、人が通れないようにロープが張られ、触れたら音が鳴るような仕掛けも設置される。

「やつらが来ても音が鳴った例《ためし》がないんだが……まぁ、気休め程度だな」

護衛の俺たちは、木箱のすぐ近くに。

「悪いが、お前さんたちには一晩中、見張っておいてもらいたい。……さすがに初日の夜から現れる可能性は低いと思うが」

とのことで、商人たちが寝静まった後も、俺たちは商品の監視を続けた。

「そもそも、あんたが結界を張っておいたらいいんじゃないの？」

「そうだね。でも、せっかくだから、どんなふうに持ってっちゃうのか、見てみたいでしょ」

アンジェが言う通り、俺が商品を丸ごと護る結界を展開しておけば、まず手を出すことは不可能だろう。

ただ、それでは面白くない。

『マスターは、盗賊がどうやって商品を奪っているとお考えですか？』

『そうだな、この時代の魔法じゃ、証言通りの手際で商品を盗むなんて不可能だと思う。となると……いや、さすがにそれはないか』
『何か思い当たる節《ふし》が？』
『そうだな……まぁ、いずれにしても近いうちに分かるだろう』

◇　◇　◇

「……？」

深夜。商人たちがすっかり寝静まっている中、ふと何かの違和感を覚えて、彼女は背筋を伸ばす。

獣人の美女、リルである。

だがその正体は、神話級の魔物であるフェンリルだ。

人化していても、優れた五感を有する彼女は、怪しい者が近づいてきたとすれば、真っ先に察知することができるだろう。

しかし彼女の耳も鼻も、その違和感の正体を見極めることはできなかった。

ただ謎の違和感だけが、彼女に警鐘《けいしょう》を鳴らしているのだ。

すぐ近くにいる二人の少女、ファナとアンジェも、何かに気づいている様子はない。

それどころか先ほどから座ったまま船を漕《こ》いでいる。

そして彼女の主の姿は、いつの間にか消えていた。微かに体臭が感じられるため、近くにいるはずだが……。

「……っ！」

気配は突如として出現した。

彼女たちが護る荷車の上に、複数。今は月も星もほとんど出ていないが、夜目の利くリルには、その姿をはっきりと捉えることができた。

人間の男たちだ。手にナイフのようなものを持ち、それで荷車から木箱が落ちないように縛り付けているロープを、次々と切っていく。

一方で、彼らはまだこちらに気づいていない様子。

「させるか」

「えっ？　がはっ!?」

素早く跳躍すると、リルは男の一人を蹴り飛ばした。

「馬鹿な、もう見つかっただと!?」

「おい、早く戻せ……っ！」

「逃がしはしない！」

男たちから逃走の気配を感じ取って、叫ぶリル。

しかし次の瞬間、予想外の事態が彼女の身を襲った。

「っ……身体がっ……」

身体が突然、宙に浮かび上がったのである。

彼女だけではない。怪しい人間の男たち、そして荷車から引き離された木箱もまた、一斉に夜空へと舞い上がっていた。

「な、何が起こっているのだ……？」

唖然《あぜん》としていると、いきなり強い光に晒《さら》され、思わず目を瞑《つぶ》る。

恐る恐る目を開けた彼女の視界に飛び込んできたのは、煌々とした明かりに照らされる室内だった。

「ここは……？」

困惑する彼女に、男たちが叫ぶ。

「なんか連れてきちまったぞ!?　たぶん護衛の冒険者だ！　どうする!?」

「心配するな、たかが女一人だ」

「しかもよく見たら上玉だぞ。こいつは高く売れるぜ」

下卑《げび》た視線をその身に浴びて、リルは「ふん」と鼻を鳴らす。

「正直、俄かにはこの状況を理解できぬが、見たところ脆弱《ぜいじゃく》な人間しかおらぬようだな」

「ぎゃははは っ、強がっても無駄だぜ」

「せっかくだし、ちょっと遊んでやろうじゃねぇがぎゃっ!?」

男の一人が吹き飛んだ。リルが一瞬で距離を詰め、殴り飛ばしたのである。

「なっ!?」

「いつの間に移動した!?」

どうやら彼女の動きがまったく見えていなかったらしい。まるで瞬間移動したかのような獣人美女に、男たちが狼狽《うろた》え出す。

「こ、こいつ、並の冒険者じゃねぇぞ……っ！」

「どうするんだよ!?」

「はっ、心配するな。こんな場合に備えて、こっちにはこいつがある！」

そのとき男の一人が、リルに向かって何かを投げつけてきた。

見たことのない球状の物体だ。

直後、それが破裂したかと思うと、無数の鎖が飛び出してくる。それらはさながら触手のように自ら動いて、リルの全身に巻き付いてきた。

「こんなものっ……なにっ？　千切れない……っ？」

力任せに引き千切ろうとしたが、そう簡単にはいかなかった。

「ひゃはは、無駄無駄！　そいつから抜け出すことは不可能だぜ！」

「くっ……これしき……っ！」

それでもリルは諦めずに、満身の力で鎖を破壊しようとする。

ミシミシミシミシッ!!

「って、なんかヤベェ音が鳴ってねぇか……？」

「こ、壊されたりしないだろうな!?　この女、すげぇ力だぞ!?」

「……大丈夫、なはず」

　ミシミシミシミシミシミシミシッ!!

「いやいや、どう考えても大丈夫じゃねぇだろ！」

「仕方ねぇ！　こうなったら破壊される前にヤっちまえ！」

「むう……あと少しで切れそうなのだが」

　こうなったら、いったん元の姿に戻るしかないかと、リルが思い始めたそのときである。

　木箱の一つが独《ひと》りでにガタガタと動き出したかと思うと、いきなり箱が弾け、中から小さな影が飛び出してくる。

「じゃ～～～～ん！　可愛い赤子、参上～～っ！」

◇　◇　◇

　ガタガタガタ……。

「お、おい！　その木箱、動いてねぇか!?」

「本当だ!?　こいつ、中に何が入ってるんだ!?」

盗賊たちの慌てふためく声が聞こえてくる。

そして次の瞬間、木箱をぶち破って、彼らの元へと現れたのは、

「じゃ〜〜〜ん！　可愛い赤子、参上〜っ！」


そう、俺である。

実はあらかじめ木箱の中に身を潜めておいたのだ。

地面に着地を決めた俺を見て、盗賊たちは時間が止まったかのように硬直した。

「「「……は？」」」

「あまりに可愛い赤子に見惚《みと》れちゃってるみたいだね」

『どう考えても違います。ただシンプルに目の前の荒唐無稽な状況を理解できず、呆然としているだけでしょう』

リントヴルムが冷静にツッコミを入れてくる。

「な、な、何だこのガキは!?　何で木箱の中に!?」

「ていうか、今、喋らなかったか!?」

「しかも宙返りしたぞ!?」

愕然と叫ぶ盗賊たちを余所に、俺は鎖で雁字搦めになったリルを見遣る。

するると彼女は悔しそうに顔を歪めて、

「くっ、我が主に、このような情けない姿を見られるとは……」

「ああ、気にしなくていいよ。その鎖、というか、捕縛用の魔導具、そう簡単に抜けられなくて当然だから。上級魔族でも捕獲できるように作られたものだしね。まぁ、リルが本来の姿なら、強引に千切れるかもだけど」

「？？？」

なぜそんなに詳しいのかと、首を傾げているリルを余所に、俺は周囲を見回した。

「まさか、こんな形でこいつと再会するなんてなぁ。まだちゃんと使えるのも驚きだけど」

「た、たかが赤子だ！　まずこいつからヤっちまえ！」

「ん？　ああ、感慨に耽《ふけ》ってる場合じゃなかった。とりあえず大掃除しないとね」

躍りかかってこようとする盗賊たち。

しかし彼らはその場から一歩たりとも動くことはできなかった。

「っ……な、何だ、身体が……動か、ない……」

「お、俺もだ……まるで、全身が、石に、なったかのような……」

「い、一体、何が……」

「うるさいからここで寝ててね」

さらに彼らは糸が切れた人形のように、バタバタとその場に倒れていく。

「我が主、殺したのか？」

「死んでないよ。眠ってもらっただけ。それよりその鎖、取ってあげるね」

「かたじけない……主の手を煩わせるとは……」

「気にしなくていいよ。実はこれ、簡単に外せるんだ。特定の周波数の魔力をぶつけるだけで……ほら、この通り」

ガチガチにリルを拘束していた鎖が、あっさりと取り除かれた。

「っ……本当だ。さすが我が主。一見しただけでその特性を見抜くとは」

自由になったリルが、感心するように唸る。

「あ、違うよ。見抜いたんじゃなくて、知ってただけだよ。だってこの魔導具、僕が作ったやつだから」

「なに？」

「いや、この魔導具だけじゃない。この船自体が、僕が作ったものなんだ」

そこへ複数の気配が近づいてきた。

どうやら異変に気づいて、他の盗賊たちがやってきたらしい。

「おい、侵入者だ！　あいつら、やられちまってるぞ！」

「ちっ、ここまで入ってきやがるとは……っ！」

「俺たちの拠点を知られたとあっては、生きて帰すわけにはいかねぇな！」

怒号と共に迫ってくる。

「我が主、ここは我にお任せを！」

先ほどの失態を挽回《ばんかい》したいのか、リルが猛スピードで突っ込んでいく。

「気を付けてね～、他にも厄介な魔導具を持ってるかもしれないから。って、もうやっつけちゃったか」

注意を促《うなが》したときには、すでに立っている盗賊はいなかった。戦闘能力で言うと、どうやら雑魚《ざこ》ばかりらしい。リルが強すぎるっていうのもあるが。

「先ほどは少し油断しただけだ。同じミスは繰り返さない」

「あ、そこ、踏んだらトラップが発動するよ」

「へ？　～～～～～っ!?」

カッコいい台詞《せりふ》を口にするリルだったが、足に巻き付いてきた鎖に引っ張られ、そのまま天井から逆さ宙吊りになってしまった。

「この船、色んなところにトラップが設置されてるんだ」

前世の俺が作った魔導飛空艇。

それがこれ、セノグランデ号である。

「古い型の船だったから、確かどこぞの金持ちに売却したんだよね」

『なるほど、それで詳しいのですか』

「たぶんあの捕縛用の魔導具は、船の保管庫にでも入れてあったんだと思う」

この船は高度なステルス機能を備えており、視界で捉えることができないのはもちろん、簡単な探知魔法など軽く無効にしてしまう。

夜空から、何の前情報もなく近づいてこられては、気づくことなどまず不可能だ。

しかも出入りは、任意で人や物を昇降させることができるエレベーター式。

昇降台などは存在せず、地上に置いてある荷物を丸ごと吸い上げてしまえるため、気づいたときにはもう奪われてしまっているというわけだ。

ただし一度に持ち上げられる重量に限界があるため、荷車と木箱を切り離すための人員を降ろす必要があったのだろう。

神出鬼没の盗賊団の正体。それがこの船だったのである。

……最初からこの可能性を疑ってはいたが、まさか本当に当たるとはな。

『恐らく盗賊団が偶然どこかで見つけ、利用することにしたのでしょう』

「しかし、よくこんな骨董品がまだ動くよなぁ」

『トラップもまだ生きているようですし、ご注意ください。他ならぬマスターが設置したものですから、簡単には見抜けないかと』

「その心配は無用だよ。自分で作ったトラップに自分で引っかかるほど間抜けじゃない」

逆さ吊りになったリルを助けた俺は、この船の中枢である操舵室《そうだ》を目指すことに。

ちなみにこの船、ちょっとした貴族の屋敷くらいの広さがある。楕円体を二つ並べて繋げたような形状をしていて、正面から見ると俺の大好きなアレのようにも見えるのだ。

「ええと、確か、こっちの方だったかな？」

記憶を頼りに進んでいく。

探知魔法が妨害されるせいで、正確な間取りを把握しづらいのだ。

ウ～ウ～ウ～ウ～ウ～ウ～。

「警報が鳴り出したね。侵入者を排除するシステムが発動しちゃう」

そのとき廊下の向こうから、バケツをひっくり返したような形状の物体が宙を舞いながら近づいてきた。

一つ目のような赤いランプが点滅し、口のような場所から、うぃ～ん、とノズルが伸びる。

直後、ノズルの先端からレーザーが放たれ、右から左へと薙《な》ぎ払うように移動する。

「っ!?」

慌ててしゃがみ込み、それを躱すリル。

一方、俺は背が低いため、何もしなくても頭の上を通過していった。

「侵入者排除用のゴーレムだよ。ミスリルくらいなら軽く両断できるレーザーだから、リルでもまともに喰らったらかなり痛いと思う。まぁ、すぐ倒しちゃうけど」

避けられたのを悟ったゴーレムが、ノズルの高さを一瞬で調整すると、今度は低い位置をレーザーで薙ぐ。

「反射」

だがそれは俺の目の前に来た瞬間に跳ね返って、バケツのようなゴーレムを貫いた。

ジジジジジジジ……。

「あ、自爆しちゃう」

チュドオオオオオオオオオオオオンッ!!

轟音と共に、猛烈な勢いでゴーレムが爆裂四散した。

「危ない危ない。自爆機能を搭載してたの忘れてた」

『……先ほど自信満々に宣言されていたのは何だったのですか?』

爆発自体は大したことなかったが、もし咄嗟に結界を張って抑え込んでいなかったら、髪の毛が
チリチリになっていたことだろう。

「そんなことになったら大変だ。ただでさえ毛が柔らかくて、量も少ないんだから」

『心配するのはそこですか?』

「まぁ大人と違って、これから増えていく予定なのが救いか」

その後も何度かゴーレムが現れたが、魔法で氷結させていった。

こうすれば自爆しないで済むのである。

「ふっふっふ、作り主を排除できるとでも思ったか」

そうこうしているうちに、見覚えのある場所に出た。

「そうそう、あの扉だ。あそこが操舵室になってるはず」

「ここは我に任せてくれ！」

リルが先陣を切って、操舵室に突入しようとする。

「あっ、ちょっと待って。そこ、トラップが……遅かったか」

「へ？」

扉を開けた直後、足元に空いた穴に落下するリル。

「あああああああああっ!?」

その穴は船の底にまで繋がっていて、そのまま地上へと落ちていった。

「……うん、まぁ、リルなら死なないから大丈夫でしょ」

◇◇◇

「くそっ、まだ排除できねぇのかよ!?」

船の操舵室で、頭目《とうもく》の男が叫んでいた。

警報音が鳴り続け、目の前にあるモニターには、侵入者を示す赤い点が映し出されている。

赤い点はほとんど止まることなく、真っ直ぐこの操舵室へと向かってきていた。まるで位置を把握しているかのように、迷ったり横道に逸れたりすることが一切ない。

「あれだけのトラップやゴーレムを、物ともしてねぇってのか……？」

彼ら盗賊団がこの空飛ぶ船を発見したのは、偶然のことだった。

今から半年ほど前のこと。その日、彼は盗賊業を始めて以来となる、最大の危機に直面していた。

狙っていた隊商が、彼らを捕まえるための罠《わな》であり、実際には冒険者の一団だったのだ。

仲間が次々と捕らえられていく中、必死に逃げ込んだ森の奥深くで彼は謎の船を発見した。

草木が鬱蒼《うっそう》と茂る森の奥である。最初は、かつてここは川や海があった場所なのかもしれないと推測したが、すぐにこんな陸地に船が打ち捨てられている理由が分かった。

信じられないことに、船が空を飛んだのである。

恐らくは、今より遥かに魔法技術が発達していたと言われる、古代文明期に作られたに違いない。

実際その森の各所には、あちこちにそれらしき跡が残っていた。

それ以来、彼ら盗賊団は、いとも簡単に仕事を成功させることができるようになった。

なにせ姿を完璧に消して、空から近づいていくことが可能な飛空艇である。

さらに飛んだまま地上の物を引き上げられる機能まで付いているのだから、これでは失敗する方がおかしい。

もちろん冒険者や騎士団に見つかる心配もない。

もはやオレたちの天下だと調子に乗った彼は、いかに悪名高い盗賊団であろうと滅多に手を出すことがない、王都とベガルティアを結ぶ街道にまで進出。

そこでも幾度となく冒険者どもを出し抜き、高価な品々を手に入れ、すべてが上手くいっていた
――ところに、この突然の侵入者である。

「もうすぐそこまで来てやがる……っ！」

元より少数精鋭の盗賊団で、操舵室には頭目の彼を除くと、たった二人しかいない。

……正確には精鋭というより、以前、冒険者に捕まったり殺されたりして人員が大きく減ってしまったのと、この最高の船を少数で独占したいため増やそうとしなかったからなのだが。

「だが、ここには最後のトラップがある！　こいつは初見じゃ絶対に回避できないはずだ！」

盗賊の親玉の割には小心者の彼は、自分に言い聞かせるように叫ぶ。

その直後、操舵室のドアが勢いよく開いた。

と同時に一人の女冒険者が飛び込んできて――ぱかっ！

「へ？　あああああああああっ!?」

タイミングよく開いた穴へ、女が絶叫と共に落ちていく。

これはそのまま船の外へと放り出され、地上に叩きつけられるという恐ろしいトラップだ。

「は、ははははははっ！　残念だったな！」

もう相手にその声が届くはずもないが、頭目の男は勝ち誇るように叫んだ。

「この船の存在を知ったからには、死んでもらう以外にないのだっ！　むしろ痛くない死に方がで

きて喜ぶがいいぜっ！　ははははっ！」

「大丈夫。リルはあの程度じゃ死なないから」

「はっ!?」

そこへ聞こえてきた謎の声。まさか侵入者はあの女だけではなかったのかと、焦る頭目の男だったが、彼が目にしたのは、

「あ、赤子……？」

まだ生まれてせいぜい数か月といった印象の赤ん坊だった。

「ちょ、ちょっと待て。今、この赤子が喋ったのか……？　いやいや、そんなはずはない。だが、他に誰もいないし……」

「僕だけど？」

「やっぱり喋ったああああああっ!?」

仰天のあまり、思わず腰を抜かしそうになる頭目の男。

「こう見えて冒険者なんだ」

「こ、こんな冒険者がいてたまるか！」

「そう言われても、いるんだから仕方ないでしょ。それよりさ、侵入者は赤い点で表示されるようになってるけど、僕の分は表示されてなかったでしょ？」

「な、なぜそれを……っ？」

男はさらに困惑する。

実際この赤子が言う通り、どういうわけか侵入者を示す赤い点は一つしかなかったのだ。

だからあの女冒険者だけしかいないと思っていたのである。

「だってこの船、僕が作ったから。仕組みを熟知してるのは当然でしょ」

「……は？」

◇◇◇

「だってこの船、僕が作ったから。仕組みを熟知してるのは当然でしょ」

「……は？」

操舵室にいたのは、盗賊団の頭目と思われる男と、配下と思われる男が二人。

合わせてたったの三人で、随分と寂しい人数だった。

「い、いや、てめぇみたいなガキに、こんな船を作れるはずねぇだろ！　だいたい結構な年季が入ってんだ！　少なくともお前が生まれるより前に作られたに決まってるだろう！」

「本当なんだけどなぁ」

『信じてもらえるはずがないでしょう、マスター』

呆れた様子のリントヴルムを余所に、俺は操舵室の奥へ。

「そうそう、確かにこんな感じだったっけ。来る途中も思ったけど、やっぱりあちこち作りが甘いよねぇ。若い頃に作ったやつだから仕方ないけど」

この船を作ったのは、前世の俺がまだ十代の頃だったと思う。

魔導飛空艇の製造は初めてだったこともあって、今見ると気になる箇所が幾つもあった。

もちろんここにいる盗賊たちは、そんな事情など知る由《よし》もなく。

「ぶ、不気味なやつだが、所詮《しょせん》は赤子だ！　お前ら、やっちまえ！」

「「あ、俺たちっすか？」」

急に指名を受けて、配下の二人がびっくりしている。

「……赤子くらい、自分で始末すればいいのに」

「相変わらず無駄に慎重なんすから……」

どうやら頭目の男は部下も呆れるほどの慎重派らしい。だったら盗賊業なんてやらないで、まっとうな仕事をすればいいのに。

「だ、黙れっ。なんか、嫌な予感がするんだよ！」

しぶしぶといった様子で、配下の盗賊たちが近づいてきた。

「まぁ大人しくしてろや。痛くないように殺してやるからな」

「いや待て。歩いて喋る赤子とか、もしかしたら高く売れるんじゃねぇか？」

「確かに見世物にはなりそうだぜ」

「じゃあ、とりあえず捕まえておくか」

何やら暢気《のんき》に話しているが、俺の近くに来る前に、その足がぴたりと止まる。

「あれ？　何だ？　急に足が……」

「俺もだ。一体、何が……」

どさり。そのまま二人仲良く床の上に倒れ込んだ。

「おやすみ～。あとは、そっちのおじさんだけだね」

「う、動くんじゃねぇ！」

「……ん？」

頭目は筒状の物体をこちらに向けていた。

「こいつは強力な攻撃魔法を、一瞬でぶっ放すことができる凶悪な魔導具だ！　そこを一歩でも動いてみやがれ！　その瞬間、てめぇの小さな身体なんざ、木っ端微塵《こっぱみじん》だぞ！」

「おお～、また懐かしいやつ！」

緊迫した様子の男を余所に、俺は思わず声を上げた。

もちろんあれも俺が若い頃に作ったものである。

魔導銃といって、引き金を指で引くだけで、あらかじめ装填《そうてん》しておいた魔法が簡単に発動できるという便利な代物だ。

男がほとんど担ぐようにして持っているほどデカいので、初期の頃に作成したものに違いない。

最終的には片手に収まるくらいの大きさにまで、軽量化に成功していたからな。

「さ、さっきから訳の分からねぇことばかり言いやがって……っ！　二度と喋れねぇようにしてやる！」

男が引き金を引くと、放たれたのは凝縮された灼熱の炎。

「ほい」

俺はリントヴルムを一振りし、それを霧散させた。

「どうやら誰かが後から装填した魔法みたいだね」

若い頃の俺でも、もうちょっと強力な魔法を装填できたはずだ。

「な、な、な……」

戦意を失ったようで、男はへなへなと腰を折り、その場に尻餅《しりもち》をついた。

「あ、あの威力の魔法を……容易くいなした、だと……？」

「それじゃあ、この船、返してもらうね。まぁ自分で手放したものだけど」

「ひぃっ、く、来るんじゃねぇっ！」

恐怖で頬を引き攣らせているが、別に俺は怖い赤子じゃないぞ。

「裁くのは僕の役目じゃないから。はい、おやすみ」

「〜〜〜〜っ！」

白目を剝《む》いて意識を失う男の脇を通って、俺はモニター脇に設置された操作パネルに近づく。

「所有権を変更して、と」

『――所有権をバンビルからレウスに変更しました』

モニター上に変更が完了したとの報告文が表示される。どうやら盗賊の親玉の名前はバンビルだったらしい。

「後は登録者になってる盗賊たちを解除して」

あらかじめシステムに登録しておくと、その人物に対してはトラップなどの排除システムが作動しなくなるのである。

「……あれ？　船の中に、登録されてない人がいたみたい」

この操舵室のモニターには船内図が表示される。

そこには登録済みの人間は黒い点で、未登録の人間は黄色い点で、そして未登録の中でも敵対的な存在と判断された人間は赤い点が、それぞれリアルタイムに表示される仕組みになっていた。

「右舷《うげん》の二階、その最後尾の部屋に、黄色い点がある。盗賊の仲間だったら、今は赤い点になってるはずなのに」

ついでに黄色い点のすぐ近くに、赤い点が一つあった。

こちらは確実に盗賊の残党だろう。

「実際に行って確認してみるか。あ、船は自動で元の場所に戻るようにしておこう」

自動運転機能を使い、テントを張った地点に移動するよう設定してから、操舵室を後にする。

「この部屋だね。確か、寝泊りができるように作った部屋の一つだったっけ？」

ドアを開けて中に入ると、そこは記憶していた通りの広さの部屋だった。

ただ、どういうわけか、部屋の奥に檻《おり》のようなものが設置されている。

「な、何だ、赤子!?」

檻の外にいた男が、俺を見て驚く。

たぶんこいつが盗賊団の最後の一人で、この檻を見張っていたのだろう。

その檻の中にいたのは、美しい少女だった。

ピンと尖《とが》った耳が、長い金髪の隙間から飛び出している。

どうやらエルフのようだ。転生してからもハーフエルフは何度か見かけたが、純血のエルフは初めてかもしれない。

『恐らく盗賊団に捕まったのでしょう。この時代でも、美貌のエルフは高く売れるようです』

そのエルフの少女――といっても実年齢はもっと高いかもしれない――は、いきなり入ってきた赤子の姿に「え？」という顔をしている。

「な、何だ、てめぇは!? どっから入ってきやがった!? いや、さっきから警報が鳴ってたが、まさか侵入者はこの赤子……？」

「エルフのお姉ちゃん、いま助けてあげるからね」

「おい、俺を無視するんじゃねぇっ！ ひでぶっ!?」

躍りかかってきた盗賊の横っ面を、リントヴルムの先端で殴りつけた。

吹き飛んだ男はそのまま部屋の端っこで動かなくなる。

「え、え、え？」

困惑し切っているエルフの檻に近づくと、出入り口の鍵に魔力をぶつけ、破壊してやった。

「はい、もう出てこれるよ」

「……あ、あなた一体、何者ですか？」

「僕？　見ての通り、可愛い可愛い赤ちゃんだよ」

「どう考えてもこんな赤子いませんよ⁉」

警戒しつつも檻から出てくるエルフ少女。

「もうちょっと詳しく言うと、冒険者なんだ。名前はレウス。お姉ちゃんは？」

「わ、私はリューナと言います。それより、本当に冒険者なのですかっ⁉」

「そうだけど？」

「お願いします！　私を冒険者ギルドに連れて行ってください！」

「……？」

第五章　エルフの里

リューナと名乗るエルフから、詳しい話を聞いてみると。

どうやら彼女はベガルティアの冒険者ギルドを目指して、単身エルフの里から出てきたらしい。

だがその途中、不運にもこの盗賊団に捕まってしまい、こうして檻に閉じ込められていたようだ。

このままでは、どこかの非合法な奴隷商に売り飛ばされてしまう。

そんなところへ、運良く俺が現れたのだという。

「今、エルフの里は存続の危機に瀕《ひん》しているのです。みんな人間のことをあまり良く思っておらず、大反対されたのですが……そうは言ってられないと、独断で里を出て、冒険者ギルドに依頼することにしたのです。ベガルティアという都市のギルドには、実力のある冒険者が多くいると伝え聞いていましたので……」

「なるほどね。あ、いったん地上に降りるから、ちょっと待っててね」

自動運転させていた船が、ファナたちのいる場所まで戻ってきたみたいだ。

「な、何なんだ、あの巨大な物体は!?」

「しかも空に浮かんでいるなんて……」

「まさか、新種の魔物か……っ!? 商品は丸ごと奪われちまうし、今日はなんて日なんだよ……っ！」

篝火《かがりび》が辺りを照らす中、夜空に浮かぶ船を発見した商人たちが慌てふためいている。

そういえば、ステルス機能を解除しちゃったんだっけ。

俺は盗賊団に奪われた商品と一緒に、地上へと降りていく。

「何か降りてきたぞ!? あ、あれは……赤子？」

「冒険者たちが連れていた喋る赤子だ！」

「何であの赤子が……？」

驚く商人たちとは対照的に、アンジェやファナは「やっと戻ってきた」という顔で出迎えてくれた。

「遅かったじゃない。にしても、本当に空に浮いてるわね……」

「師匠、お帰り。不思議な船」

どうやら先に戻ってきたリルから、あらかじめ事情を聞いていたようである。

そのリルはというと、耳と尻尾を萎れさせ、悔しそうに身体を震わせていた。やはり無事だったようだ。

「我としたことが、あのような単純なトラップに引っかかってしまうとは……っ！ 一生の不覚！」

　それ、俺が作ったトラップなんだけどね？

「商品、全部取り戻してきたよ」

「なっ!?」

「ほ、本当だ！　確かに俺たちのものだ……っ！」

　さらに俺は、一緒に降りてきた盗賊たちをその辺の地面に転がす。

　まだ全員、気を失ったままである。

「盗賊団も捕まえたよ」

「う、嘘だろ!?」

「今までまったく尻尾を摑めなかった連中だぞ!?　それをこんなに簡単に……っ！」

　それから俺はファナたちに言った。

「ところでお姉ちゃんたちにちょっと相談なんだけど。実は諸事情で、今からすぐにベガルティアに戻らないといけなくなっちゃったんだ。だから後の護衛はよろしくね」

　俺はエルフのリューナと一緒に、ベガルティアに引き返すつもりだった。

　盗賊団を捕まえるというメインの依頼だけでなく、隊商の護衛依頼もセットで受注している形になっているため、本来は目的地まで護衛を続ける必要があった。

　ただ、すでに盗賊団は壊滅させたので、俺一人抜けたところで問題ないだろう。元より商人たちは、俺のことを喋れるだけの赤子としか思っていなかったようだし。

「別に構わないけど……何かあったの？　あの怪しい船のこと？」

「あの船は別に怪しいものじゃないよ。盗賊団がたまたま発見して、利用していた古代の魔導具だから」

「あれが魔導具……？　古代は今より魔法が発達していたって聞いたことあるけど、あんなものまで作られていたなんて……」

作ったのは俺だけどな。

「一応、こいつらは冒険者ギルドに連れてくね」

そうしていったんファナたちと別れた俺は、盗賊たちを引き連れて再び船へと戻る。

リューナは操舵室で待ってくれていた。

「お待たせ、お姉ちゃん。じゃあ、今から全速力でベガルティアに向かうよ」

「ありがとうございます！」

「でも一つ、お願いがあるんだ」

「お願い、ですか？」

「うん。この操作パネルで船を操作するんだけど、ちょっと僕には高くて。お姉ちゃん、抱っこしてもらえない？」

「そのくらいお安い御用です！」

リューナがすぐに俺を抱き上げてくれる。

『マスター。その辺に置いてある椅子を使えばいいだけでは？』

『……そうだな。そうしておけばよかったかもしれない。今、猛烈に反省している』

『どうされました？　そのマスターらしからぬ発言……もしかして、頭でも打ったのでしょうか？』

『打ってない』

恐らく今の俺は、賢者モードに入ったような目をしていることだろう。

『だってこのエルフ、胸がめちゃくちゃ絶壁！　何の膨らみも感じられないんだぞ！』

『……やはりマスターはマスターでしたね』

そういえば、エルフという種族は基本的に貧乳ばかりだったたな。

「どうしました？　少し高さを調整した方がいいですか？」

「ううん、もう下ろしてくれて大丈夫だよ、お姉ちゃん」

ベガルティアに着くまでの間に、俺は船の魔力を補充しておくことにした。

この船は魔力を動力にしているのだが、すでにメインのバッテリー残量はゼロになっていて、予備魔力によって辛うじて動いているような状態だった。

あの盗賊団が魔力の補充方法など知っているとは思えないし、どのみちそう遠くないうちに全機能が停止していただろう。

そうして夜が明けた頃に、船はベガルティアの上空へと辿り着いた。

ステルス機能は再びオンにしてある。この時代にこうした飛空艇の存在は一般的ではないようで、街の人たちがパニックになるかもしれないからな。

「じゃあお姉ちゃん、僕が窓口まで案内してあげるよ」

昇降機能を使い、ギルドの建物前へと降り立つ。メイン玄関はまだ開いてなかったので、裏口から入ることに。

「な、何じゃこれは!?」

「警備のおじちゃん、盗賊団を捕まえたんだ」

縄で縛った盗賊たちをまとめてずるずる引き摺っていくと、警備員が眠たそうに擦《こす》っていた目を見開いた。

「Aランク冒険者のレウスだよ」

「お、お前さんが、噂の……」

冒険者証を見せれば、すんなり通してもらうことができた。

そしてAランク冒険者専用の個室窓口へ。

「本当はまだ営業前なんだけど、たぶん大丈夫だと思う」

「そうなんですか?」

他の街の冒険者ギルドと違って、ここベガルティアの冒険者ギルドは、上級冒険者になれば二十四時間いつでも対応してくれるらしい。

警備員から連絡がいったのか、ギルド職員数名が窓口の前で待ってくれていた。

この時間はまだ受付嬢が出社してきてないのだろう。

「朝早くから大変だね」

「こういうケースもありますので、いつでも対応できるよう、職員が持ち回りで夜勤をしているのです。それより、あの盗賊団ですよね？　あれだけ色んな冒険者パーティを動員しても、まったく尻尾を掴めなかったというのに……まさか、こんなに早く捕まえるなんて……」

驚嘆している職員に、俺はざっくりと状況を説明した。

「空飛ぶ船？　そんなものが……。しかし道理で一向に捕まらないわけですね……ところで、そちらのエルフは？」

「そうそう。実はこのお姉ちゃん、その船で捕まってたんだ。冒険者ギルドに依頼をするため、この街に向かっていた途中に、運悪く盗賊団に遭遇しちゃったみたいで」

「そうですか。では、詳しい話を聞かせていただきましょう」

職員の一人がリューナを連れていく。

だがしばらくして、彼女の怒声が聞こえてきた。

「それでは間に合いませんっ！　一刻を争うような状況なんです！」

「そ、そう申されましてもですね……やはりそれだけの遠方となると、応じてくれる冒険者も限られてくるでしょうし……。相応の報酬があれば……可能性は上がるのですが……」

「……つまり、この報酬額では、不十分ということですか？」

「はい。率直に言ってしまえば、そうなります。もしAランク冒険者を数日にわたって動員するとすれば、最低でもその三倍は必要かと」

「三倍……くっ、それならっ……わ、私の身体を差し上げましょう！　里のためなら、そのくらいっ……」

「さ、さすがにそういうわけにはいきませんよ！　確かにエルフの奴隷は、高値で売買されてはいますが……」

どうやら交渉が上手くいっていないようだ。

「仮に、あなた自身を報酬にするとしても、上級冒険者は需要が高く、依頼を受けてくれるかどうかは分からないような状況です。中堅の冒険者であれば、まだ引き受けてくれる方もいるかもしれませんが、戦力的に厳しそうな案件ですし……」

「そんな……」

リューナの絶望の溜息が聞こえてきたところで、俺はそのやり取りへと割り込んでいった。

「話は聞かせてもらったよ！」

「「っ!?」」

驚きながら振り返る二人に、俺は言った。

「ちょうど一仕事終わって、時間のあるAランク冒険者がここにいるんだけど」

『マスター、依頼を受ける気ですか？』

『ああ』

『エルフの身体が目当てというわけですか。相変わらずのエロジジイですね』

『いやいや、そんな気はないって。だって絶壁だしな。せめて顔を埋められるくらいはないと』

『……色んな意味で最低の発言ですね』

リントヴルムが横やりを入れてくる中、職員が恐る恐る訊いてくる。

「もしかして、引き受けてくださるんですか？　正直、かかる労力や日数を考えると、なかなか厳しい報酬の案件ですが……」

「大丈夫。たぶんそんなに時間かからないから」

飛空艇を使えばあっという間に着けるだろう。

「戦力も僕一人で十分だと思う」

「ほ、本当に力を貸してくれるんですか……っ？」

縋《すが》るような目をするリューナに、俺は頷く。

「うん。だって、リューナお姉ちゃんの実家がピンチなんでしょ？　見過ごすなんて僕にはできないよ」

俺の善意は、決して胸の大小で決まるわけではないのだ。

もちろん大きい方が嬉しいけどな！

「だけど、Ａランク冒険者に出せるような十分な報酬は……」

「心配しないで、お姉ちゃん。別にお金には困ってないから。それにあの船を使えば、エルフの里までそんなにかからないと思うよ」

というわけで、俺はリューナと共にエルフの里に向かうことになった。急ぎの案件なので、すぐに冒険者ギルドの建物を出て、空に浮かべたままの飛空艇へと乗り込む。

「それじゃあ出発するよ。お姉ちゃん、道案内よろしくね」

「は、はい！　エルフの里はあっちです！」

リューナが示す方角へ、飛空艇を前進させる。

「全速力で飛ばすよ」

どんどん速度が増していき、ベガルティアの街が一気に遠ざかっていく。ちなみにこの操舵室は前と左右に加えて、足元の一部がガラス張りになっているので、景色がよく見える。

「こんなに速度が出るんですね⁉」

「先ほどバッテリーを満タンにしたからね。実は予備魔力での運転だと、速度が制限されるようになっているんだ」

「……まるで乗ったことがあるかのような口ぶりですね？」

乗ったことがあるどころか、自分で作ったのだ。

「あ、前方から魔物だ」

「っ！　ワイバーン!?　こ、こっちに向かってきますよ!?」

「大丈夫。勝手に迎撃してくれるから」

そう言った直後、セノグランデ号に搭載された魔力砲が発射された。

一瞬でワイバーンに直撃し、爆発。肉片が周囲に四散し、ワイバーンだった塊《かたまり》は地上へと落ちていった。

「ワイバーンが瞬殺!?」

「並のドラゴンくらいなら撃退できるよ」

「これ、そんなに危険な船だったんですか……」

ただし、予備魔力だと省エネモードになって、速度以外にも色んなものが制限される。今の魔力砲も撃つことができなくなるのだ。

もしあの盗賊団が魔力を補給できていたら、もっと酷い悪用のされ方をしていたかもしれないな。

そうして空を飛び続けること、数時間。やがて前方に見えてきたのは、小高い山々が幾つも連なる山岳地帯だった。

「あそこです！　エルフの里はあの山の奥にあります！」

「そう言われても随分と範囲が広いけど、どのあたり？」

「ええと……ちょ、ちょっと待ってくださいね……。こんなふうに空から見下ろしたことがないので、すぐには……」

リューナの案内が役に立たないので、とりあえず適当に飛び回ってみる。

「一応この船には探知機能が付いてるんだ。半径三キロメートルくらいまでなら、人や魔物を簡単に見つけられるよ」

大勢のエルフが集まって暮らしている場所くらい、すぐに特定できるはずだった。

「……と思ったけど、この機能を使う必要もなかったかも」

「どういうことですか？」

「ほら、あそこ」

目の前の山の、さらに向こう側にある山、その中腹辺りを俺は指さす。

そこにとんでもなく巨大な木が存在していたのだ。

「あ、あれです！　あの大木が実は、巨大なトレントなんです！」

トレントは樹木の魔物だ。

そのため総じて非常に長寿で、中には何百、何千年も生きるような個体も存在している。

ただ、あれほどの大きさにまで成長したトレントは、俺もほとんど見たことがない。

「間違いなくエンシェントトレントだね。しかも随分と旺盛に移動できるみたい」

そのエンシェントトレントが通ったと思《おぼ》しき道は、栄養素を吸い尽くされてしまったようで、草木が枯れ果ててしまっている。

そして進路の先、まだ健在な木々のせいで分かり辛いが、その足元のところに石垣や家屋らしきものが確認できた。きっとあれがエルフの集落だろう。

◇　◇　◇

「や、やはりこの里を目指して近づいてきたに違いない！」

「魔物避けの結界が、効いていないというのか……っ!?」

山の奥深くに存在するエルフの里。

迫りくる脅威を前に、エルフたちは絶望の表情を浮かべていた。

危険な魔物が数多く生息している山の中だが、本来この里にはほとんど魔物が寄り付かないはずだった。

というのも、里を取り囲むように、魔物の接近を防ぐ強力な結界が張られているからだ。

しかし今、恐ろしく巨大な樹木の魔物が、ゆっくりと、しかし確実に近づいてきている。

この山にも数多く生息しているトレントだが、あれほど大きく育った個体は、長きにわたってこの地で暮らしている彼らエルフも、今まで見たことがない。

「ま、間違いない……こやつは、エンシェントトレント……我らエルフの伝説に残る、怪物トレントじゃ……」

エルフの長老が、青い顔で呻《うめ》く。

この巨大な魔物を最初に発見したのは、一か月ほど前のこと。

そのときはまだ遥か遠くに聳《そび》え立っていたが、調査に向かった里のエルフたちが、大きな被害を受けて逃げ帰ってきたのだ。

不運なことに、巨樹の魔物はそれから少しずつ、この里へと近づいてきた。

トレント種はただの樹木と違い、緩慢ながら移動することが可能なのである。

周囲の草木から栄養を吸い取ることで、それからさらに成長したこの魔物は、今や里と目と鼻の先にまで迫ってきていた。

しかし相手が伝説の怪物といえ、彼らエルフたちは里が破壊されるのを座して待つつもりはない。

「相手が伝説の魔物であろうと、我らは逃げぬっ！　先祖代々のこの里を守り抜くのだ！」

そう声を張り上げるのは、戦士長を務める壮年のエルフ。

この巨大トレントに戦いを挑もうと、大半の男たちが隊列を組んで待ち構えていた。幸い里を守護する結界は、魔物の力を弱める効果もある。里に接近するほど、エンシェントトレントの動きも鈍くなるはずだった。

「今だ！　放てっ！」

「「「おおおっ！」」」

巨大トレント目がけ、一斉に火のついた矢を放つエルフたち。

それが次々と幹に突き刺さっていく。

トレント種は炎を苦手としている。いかにエンシェントトレントといえど、この攻撃は通じるはず……そう確信していたエルフたちだったが、すぐにその考えが甘かったことを知る羽目になった。

エンシェントトレントが枝を一振りすると、それだけで幹に燃え移った炎があっさりと吹き消されてしまったのである。

「なっ」

「一瞬で、炎を……」

「だ、だが、ああしてすぐに掻き消すというのは、火を嫌がっている証拠だ！　今度は狙いを集中させず、できるだけバラけさせるのだ！」

エルフたちは戸惑いながらも、再び火のついた矢を一斉に発射した。

しかし今度は、矢が届くことすらなかった。巨大トレントが振るった木の枝が、猛烈な風を巻き起こし、それが迫りくる矢を悉《ことごと》く吹き落としてしまったのだ。

「そ、そんなっ……」

「おい！　上から何か降ってくるぞ!?」

愕然とするエルフたちに、更なる脅威が降りかかった。

「これはっ……魔物っ!?　む、虫の魔物だ……っ！」

「まさか、トレントが降らせたのか!?」

空から落ちてきたのは、芋虫やカブトムシ、あるいは蜘蛛といった、昆虫系の魔物だった。

恐らくエンシェントトレントの枝葉の上に棲息していたのだろう。

襲いかかってくる魔物に、エルフたちは慌てて対処する。

ドオオオオンッ！

そのとき突然、轟音と共に家屋の一つが跳ね飛び、宙を舞った。

「「「っ!?」」」

一体何が起こったのかと目を剝くエルフたちが見たのは、地面から生えた巨大な根っこだった。

うねうねと蠢《うごめ》くそれは、禍々《まがまが》しい触手のようにも見える。

「ま、まさか、トレントのっ……」

ドドドドドドドドドドオオオオオオンッ！

それは一本だけではなかった。

地面が次々と爆散したかと思うと、そこから巨大な根が飛び出してくる。気が付けばそこら中に根が生え茂り、里の中は根の林と化してしまった。

絶望的な光景に、もはや戦意を失い、立ち尽くすエルフたち。

「ああ……聖母メルテラ様……我らを、お救いください……」

誰かが祈るように呟いた、そのときである。

エンシェントトレント目がけ、空から燃え盛る隕石が降ってきたのは。

それが幹に直撃すると、凄まじい爆音が轟き、遅れて猛烈な熱風が吹き荒れた。

「「「うあああっ!?」」」

エルフたちの多くが吹き飛ばされ、地面を何度も転がった。

「な、何が……起こった……?」

「隕石《いんせき》だっ！　空から隕石が落ちてきたんだ……っ！」

「あ、あれを見ろっ！　エンシェントトレントがっ……」

隕石をまともに喰らった巨大トレント。エルフたちが放つ矢ではその樹皮にすらほとんど傷をつけることができなかったというのに、隕石を受けた箇所が黒く焼け焦げ、大きなクレーターができていた。

「～～～～～～～～～～ッ!?」

さらにそこから火が燃え広がりかけており、エンシェントトレントが枝葉を振って必死に消火しようとしている。

「聖母様だっ！」

誰かが目を輝かせながら叫んだ。

「聖母様が、祈りを聞き届けてくださったんだ！　きっとそうに違いない！　だってこんなタイミングで、空から隕石が降ってくるなんてあり得ないだろう！」

「そ、そうだ！　聖母様だ！」

「危機に瀕する我らを、救ってくださったんだ！」

「「聖母様！　聖母様！　聖母様！」」

エルフたちが涙ながらに感謝の声を上げる。

と、そんな彼らの元に、空からもう一つ、今度は先ほどの隕石よりも遥かに小さなものが降ってきた。

「聖母様？　僕、見ての通りまだ赤ん坊なんだけど？」

それは小さな人間の赤子だった。

しかも彼らの聞き間違いでなければ、言葉を喋っている。

「「「え？」」」

一体何だこの赤子は、と驚くエルフたち。

大地から伸びる巨大な根っこが再び蠢き出したのは、その直後だった。

「アアアアアアアアアアアアアアアッ！」

「っ！　ま、まだ生きているのか⁉」

「火が消えているぞっ！」

巨大トレントはいつの間にか幹の炎を消し飛ばしていた。

焼け焦げた部分からはまだ煙が上がっているが、再びその根っこを動かし、エルフの里を破壊しようとしている。

「さすがエンシェントトレントだね。一発じゃ倒せないか。ってことで、もう一発」

ふわふわと宙に浮かぶ謎の赤子がそう呟いてから、数秒後。

空からまたしても隕石が降ってきた。

ドオオオオオオオオオオオオオンッ!!

そして狙ったかのように、エンシェントトレントの幹に再び直撃する。

「……聖母様が、また隕石を?」

「そ、そうとしか考えられないだろう!? 少なくとも、あの変な赤子がやったなんてあり得ない！

……はず」

「というか、何なんだ、あの赤子は……」

困惑するエルフたち。

一方、二度目の隕石をほぼ同じ個所に喰らったエンシェントトレントは、幹が半分近くまで削られて、いつ折れてもおかしくないような状態になっていた。

「アアア……アアア……」

幹の洞《ほら》から、呻き声のような音が聞こえてくる。

巨大トレントといえど、今度こそお仕舞だろうと、エルフたちが思ったそのとき、
メキメキメキメキッ!!

猛烈な破砕音が鳴り響き、ついに幹が折れて倒れ込んできた。

……エルフの里の方に。

「こ、こっちに来るぞ!?」

「「避けろおおおおおおおっ！」」

慌てて左右に逃げるエルフたち。

そして幾つかの家屋を巻き込みながら、巨大トレントが盛大に倒伏した。

「……あちゃ～。ちゃんと倒れる方向を考えるべきだったね」

謎の赤子が「やっちまった」という顔をし、手で額を覆っている。

ともあれ、倒れる速さがゆっくりだったこともあって、下敷きになった者はいなそうだ。

家屋は幾つか潰れたが、それはまた建て直せばいいだろう。

「助かった……のか?」

「いや、まだ虫の魔物がいる」

「だがこの程度なら……っ！」

残った虫の魔物を一掃し始めるエルフたち。

しかし残念ながら彼らの危機はまだ去っていなかった。

「ん？　何だ？　エンシェントトレントの枝葉が騒《ざわ》めき出した……？」

「お、おい！　動いているぞ!?　まだ死んでなかったのか!?」

「違うっ……これはっ……」

エンシェントトレントの枝葉が、それぞれ独立した意思を持って動き出したのである。

倒伏した本体から分離し、無数のトレントと化したのだ。さながら挿《さ》し木のように、無性繁殖してしまったらしい。

「なんという数だっ!?」

「ま、まだ増え続けているぞ……っ！　あの大量の枝葉が、すべてトレントになったら……」

しかも新たな魔物となったのは、枝葉だけではなかった。エンシェントトレントの根もまた、一本一本が独自に動き出す。

その先端に切れ目が入り、鋭い牙を有する口へと変貌。そうして気づけば、根っこの大蛇があちこちに出現していた。

無論まだ昆虫の魔物も数多く残っているような状態だ。

「ああ……今度こそ、終わりだ……」

「こんな数の魔物、倒せるはずがない……」

「ま、まだ諦めるのは早い！　我らのことは聖母様が見ていてくださっている！　再び奇跡が起こるかもしれない！　最後まで諦めずに戦うんだ……っ！」

絶望的な状況の中、何とか気持ちを奮い立たせようとするエルフたち。

と、そのときである。

「追跡型広域駆除魔法」

空から現れた謎の人間の赤子が、竜を模した杖を掲げたかと思うと、そこから無数の光弾が放たれた。

それが次々と枝葉のトレントや根っこの大蛇、それに昆虫系の魔物に直撃していく。

まるで魔物だけを選んでいるかのように、光弾はすべてエルフたちを綺麗に避けていった。

「「「……は？」」」

信じがたい光景に、彼らはただ呆然と立ち尽くすしかない。

やがて光が完全に収まったとき、魔物は一体残らず動かなくなっていた。

「な、なぁ……私の見間違いでなければ、あの赤子から光が発せられていたように見えたのだが……」

「……右に同じだ」

「ということは……」

ここに至って、ようやく彼らは、自分たちを助けてくれたのはこの赤子ではないかと思い始める。

先ほどの隕石も、ちょうど赤子が現れたタイミングで降ってきたものであり、無関係と考える方が難しい。

「聖母様……じゃなかった……？」

そこへ空から新たな人影が降ってくる。それは彼らエルフもよく知る少女で。

「みんな！　無事ですか⁉」

「「リューナ!?」」

　里を救うため、人間の力を借りると言って出ていったエルフの同胞である。

　彼らの中には人間を嫌う者も多い。そのためこの里の場所が人間に知られることを忌避して、大勢が反対したのだが、彼女は周囲の反対を押し切って、勝手に里を出ていってしまったのだった。

「戻ってきたのか……」

「……なんで空から？」

「というか、空飛べたっけ……？」

◇　◇　◇

「まさか、あんなふうに繁殖できるとは思わなかったな」

　幹を隕石二発で圧《へ》し折り、エンシェントトレントを倒したかと思ったら、その身体から無数の魔物が大量発生したのだ。

　さすがの俺も少し驚いたが、すぐに広域駆除魔法を使って殲滅《せんめつ》してやった。

『以前ゴブリンの群れに使ったときと比べて、随分と威力が上がりましたね』

『ふふん、赤子の成長は早いだろう』

『マスターを赤子のカテゴリーに入れることには、断固として反対させていただきます』

それはそうと、エルフたちがさっきから口にしている「聖母様」とは何のことだろう？

「聖母様……じゃなかった……？」

ほら、今もまた言った。どこからどう見ても可愛い赤子だぞ。

とそこへ、空からリューナが降ってきた。

「みんな！　無事ですか!?」

「「「リューナ!?」」」

リューナは地上に降り立つと、俺のところに駆け寄ってくる。

「ありがとうございました！　まさか、本当にたった一人で、しかもあんなに簡単に里の危機を救ってくださるなんて……」

「それよりギリギリ間に合ってよかったね、お姉ちゃん」

「は、はい。普通に移動していたら、今頃は里がなくなっているところでした……」

しばらくポカンとしていたエルフたちだったが、その中の一人が恐る恐る口を開いた。

「リューナ……その変な人間の赤子とは……知り合いなのか……？」

変なとは失敬な。

「ええと……紹介しますね。Aランク冒険者のレウスさんです。急な依頼にもかかわらず引き受けてくださって、はるばるこの里まで来てくれました」

「ぼ、冒険者!?　その赤子が……？」

「そうだよ、エルフのお兄ちゃん。だけどそれよりもさ、聖母様ってなーに？」

先ほどから幾度となく彼らが口にしていた「聖母」とやら。エルフたちからそんなふうに呼ばれている存在など、前世にはいなかったはずだ。

「聖母メルテラ様は、我らエルフにとっての英雄にして、救世主だ」

「メルテラ……？」

聞いたことのある名前だな。いや、同じ名前のエルフがいてもおかしくはないが。

リューナが説明してくれる。

「聖母メルテラ様は、私たちエルフの上位種族であるハイエルフに進化された方です。世界各地にエルフが安心して暮らすことができる場所を作ってくださって、この里もその一つなんです」

ハイエルフのメルテラ。

……うん、そこまで聞くと、間違いない。

『前世の俺の弟子の一人じゃないか』

かつて俺は、魔法研究に明け暮れるための個人ラボを作った。

しかしそこに弟子入り希望の魔法使いたちが次々と押しかけてきて、気づいたときには大規模な魔法研究所となってしまった。

いつしか『大賢者の塔』と呼ばれるようになったその組織をまとめてくれていたのが、古くからの弟子の一人、ハイエルフのメルテラだった。

『エルフにしては珍しく巨乳だったんだよなぁ』

『……最初に思い出すのがそれですか？』

もしかして、ハイエルフに進化したから胸が大きくなったのだろうか？

だとすれば、ぜひエルフたちにはどんどんハイエルフへと進化してもらいたいものだ。

『そういえば、死ぬ前にその胸を堪能《たんのう》するつもりだったんだ。死ぬ間際だったら、きっと俺の願いに応えてくれるはずだと思って。あれ、どうなったんだっけ？　何となく、お願いした瞬間の記憶はあるんだが……』

『覚えていないのですか？　激怒した彼女に殴られ、それで息を引き取ったのですが』

『え？　マジで？　そ、そんな……』

わなわなと身体を震わせる俺に、リントヴルムはフォローするように言う。

『あれはどう考えてもマスターが悪いです。それにどのみち死ぬ寸前だったわけで、彼女を責めるのはお門違いかと』

『結局あのおっぱいを堪能できなかったなんて……っ⁉　そんなの、あんまりだああああああっ！』

『………嘆くのはそこですか？』

心で血涙を流す俺を、リントヴルムが蔑《さげす》むように見てくる。

まさか杖とそんなやり取りをしているとは露《つゆ》知らず、リューナが興奮しながら教えてくれた。

「聖母様が張ってくださった強力な魔物避けの結界は、今も活きているんです。もう五百年も前のことなのに、すごいですよね？　……あの巨大なトレントには効かなかったですけど」

ふむふむ、確かにこの里を囲むように、結界が張られているな。

これをメルテラが構築したのか。

恐らく俺が知る当時の彼女では、難しいレベルの結界である。きっと俺が死んだ後も、魔法の研究と鍛錬を続けたのだろう。

「リューナお姉ちゃん。その聖母様は、今どうしてるの？」

「千年ほど前に亡くなられたそうですが、それはあくまで肉体の話。ハイエルフの魂は不滅とされていますし、今もどこかで私たちのことを見守ってくださっているはずです」

ハイエルフの魂は不滅、か。

まぁ、あくまで信仰の一種だろう。

『……やっぱりすでに亡くなっていたか。俺の弟子の中で、唯一まだ生きている可能性があると思っていたのが、エルフよりも長く生きるというハイエルフの彼女だったんだが』

俺が死んだ当時、すでに彼女は百歳を超えていたが、それでも人間でいうとまだせいぜい十歳くらいだったはずだ。

エルフの寿命は平均的な人間の五倍程度だが、ハイエルフともなると平均的な人間の十倍、つまりは六百～七百年も生きるのである。

そんな彼女が亡くなって千年となると、この時代は前世から軽く千五百年以上は経っているのだろう。

『分かってはいたが、なかなか寂しいものだな』

『マスター。もしかしてわたくしの存在をお忘れですか？』

慰めるように、そんなことを言ってくれるリントヴルム。

『うーん、リンリンにはおっぱいがないしなぁ』

『……ぶち殺して差し上げましょうか？』

まぁでも、仮にこの時代まで彼女が生きていたところで、すでに老婆だったはずだ。

そうなると話は変わってくる。

『だって、萎《しぼ》んだおっぱいはおっぱいじゃないからな』

『知ってはいましたが、やはり最低のエロじじいですね』

「あ、そうです」

リューナが何かに思い至ったように手を叩いた。

「里には聖母様の像が立っているんですよ」

「へえ」

「せっかくですから、ぜひ祈りを捧げていってください」

彼女に連れられ、メルテラの像のところに向かう。

エンシェントトレントのせいで里の中は酷い有様だったが、その中心の広場に立つ像は無事だった。像の前まで来て、俺は思わず呟いた。

「……そっくりだな」

俺の知る本物の彼女と瓜《うり》二つだったのだ。切れ長な目やすっと通った鼻筋、やや薄めの唇と、どれもが高いレベルで再現されている。

「え？　そっくり……？」

不思議そうな顔をするリューナに、俺は首を振って、

「ううん、綺麗な人だねって言ったんだよ」

「ほんと、そうですよね！」

リューナが目を輝かせる。

「実はこの像、聖母様ご本人を忠実に再現されたと言われているんですよ！　本当にお美しい方だったんです！」

エルフは総じて見目麗しい種族だが、その中でもメルテラは別格だった。

こういう像などは本人よりも美化して作ることも多いが、彼女の場合、そんな必要はなかっただろう。

……ただ一つだけ。

このメルテラの像について、俺は声を大にして制作者に抗議したい点があった。

それは――

胸が本物よりずっと小さいじゃねぇかああああああああああああああああああああっ！


信じがたいことに、あの素晴らしい巨乳がまったく再現されていないのである。

むしろ控えめと言っていいほどで、これではどんなに見た目が瓜二つでも、メルテラとは別人だ。

まさに画竜点睛《がりようてんせい》を欠く。これで忠実に再現とは笑わせてくれる。

制作者は馬鹿なのか？　それとも節穴なのか？

きっとそのどちらかだったのだろう。

『恐らくエルフたちにとって、胸が小さい方がよいという価値観があるのでしょう。となると、聖母とされるエルフの胸が大きくては都合が悪いでしょうからね』

『なんて酷い価値観なんだ……っ！』

俺が憤慨している横で、そんなことなど知らないリューナが祈りを捧げている。

「聖母様……あなた様の導きで、里を救うことができました……心から感謝いたします……これからもどうか、我らをお守りください……」

……まぁ、こうして俺がメルテラと所縁《ゆかり》のあるエルフの里にやってきたのは、もしかしたら本当に彼女の導きだったのかもしれないな。

その後、エルフたちから大いに感謝されつつ、俺は里を後にしたのだった。

◇　◇　◇

「それにしても、世の中にはすごい赤子がいるものなのだな……」

「ああ。喋れるだけでも驚きだというのに、エンシェントトレントを瞬殺してしまうなんて」

「リューナはよくあんな者を連れてきてくれたものだ……」

赤子の冒険者を見送ったエルフたちは、まだ現実感があまりなさそうな様子で空を見上げていた。

現れたときと同じように、空を飛んで帰っていったのである。

「というか、夢じゃないよな……？」

「里の者全員で夢を見ていたとでもいうのか？」

「もしかしたらあのトレントからして夢だったのかも……」

「じゃあ、この里の有様は何なんだよ」

地上へ視線を戻すと、そこには巨大トレントによって破壊された家屋の数々。

その光景を前に、どうやら確かな現実だったようだと、エルフたちは苦笑気味に頷き合う。

「た、大変だああああっ！」

そのとき誰かが叫ぶ声が聞こえてきた。

「聖母様がっ……聖母様の像が……っ！」

聖母様の像？　確か、幸運にもトレントに破壊されずに済み、無事だったはずだが……と思うエルフたち。

それでも急いで再確認に向かった彼らが見たものは——


——胸が特大サイズになった聖母様像だった。


「「「な、な、な、何じゃこりゃあああああああああああっ!?」」」

思わず絶叫してしまうエルフたち。

信じがたいことに、元はささやかなものだったはずの聖母様の胸が、今にも零《こぼ》れ落ちそうなほどの巨乳と化してしまっていたのである。

◇◇◇

『……マスター。あんなことをしてよかったのですか？』

「本物を忠実に再現する——その制作者の目標を実現してやったんだ。むしろ感謝されてもいいくらいだと思うけどな？」

貧相だったメルテラの像の胸を、魔法で巨乳に変えてやった。

きっと本人もあの世で満足していることだろう。

『当人は余計なことをしてくれたと思っているかもしれませんよ？』

しかも他の箇所とは違う素材を使うことで、胸の柔らかさをも再現してみせた。

結局、前世で本物を揉むことは叶わなかったものの、かなりそれに近いものになったはずだ。

『……確実に激怒されてるかと』

「いやいや、涙が出るほど喜んでるに違いない」

『死人に口なし、というやつですね……』

「さて。それにしても気になるのはこの魔石だ」

俺は亜空間から直径三十センチはあるだろう、巨大な黒い魔石を取り出した。

実は少ない報酬の足しにと、希少価値の高いエンシェントトレントの素材の一部を貰ったのだが、その一部に含まれていたのである。

魔石というのは、魔力が多く含まれる石のことで、通常は青や緑、あるいは紫といった色が多い。

魔物の体内で生成される場合も多く、魔石がエンシェントトレントの体内で見つかること自体は別に不思議なことでも何でもない。

「問題は、この魔石がエンシェントトレントからは、絶対に生まれない種類のものだってことだ。というか、この黒い魔石というのは、そもそも自然には生じない」

人工的にしか生み出すことができない種類の魔石。

それがこの黒い魔石なのだ。

「なにせ、前世の俺が初めて作り出したものだからな」

魔石研究の果てに開発に成功したこの黒い魔石は、通常の魔石とは異なる性質を幾つも持つ。

しかしその危険性に気づいた俺は研究を中止し、所持していたものもすべて処分したはずだった。

「例えば、こいつを魔物に喰わせると、急激に成長する。それこそ短期間で一気に上位種にまで進化するくらいに」

『つまりあのトレントは、この黒い魔石を体内に取り込んだことで、エンシェントトレントになったということですか』

「ああ、間違いないだろう。おかしいとは思ってたんだ。あの一帯の魔力レベルで、エンシェントトレントが生まれるなんて、まずあり得ないからな」

しかし一体なぜこんなところにこの黒い魔石が……。

『何者かが与えたとか？』

「仮にそうだとして、そいつはなぜこの魔石を持っていたんだ？　こいつを作るのはそう簡単じゃないぞ。それとも、もしかして俺が処分したやつがどこかに残っていた……？」

大きな疑問を抱きつつ、飛空艇を自動操縦で走らせていると、ピピピピッ、という音が操舵室内に響いた。

「地上に何かいるみたいだね」

ガラス張りの床から覗いてみると、オークの群れに囲まれた冒険者らしき三人組が見えた。

「うーん、あのままだとやられちゃいそう」

◇　◇　◇

「はぁはぁ……こ、こんなところで、オークの群れに遭遇するなんてよ……っ！」

「もう体力も回復アイテムも残ってないですわ！」

「かといって、逃げるのも無理っぽい」

五体ものオークに取り囲まれ、ピンチに陥っていたのは、つい最近、そろってCランクに昇格したばかりの女冒険者たちだった。

女ばかりの三人組、剣士と魔法使い、そしてシーフといったオーソドックスな構成である。

危険度Cとされるオークは、単体であればCランク冒険者のパーティならそう難しい相手ではないが、五体となると話は大きく変わってくる。

しかも彼女たちは依頼でゴブリンの巣穴を殲滅してきた帰りで、すでに疲労がピークに達していた。

「このまま戦ってもやられるだけだ！　なんとか突破して、逃げるしかないぞ！」

「い、一か八かですわねっ！」

「まだ死にたくない」

と、そのときである。

突然、どこからともなく降ってきた火の玉がオークの一体を直撃し、その頭が弾け飛んだ。

「な、なんだ今の!?」

「もしかして、援軍ですのっ!?」

「死なずに済む？」

そうして火の玉が降ってきた方向へと視線を転じた彼女たちが見たのは。

「……あたしの見間違えだろうか？　赤ん坊が宙に浮かんでる気が……」

「奇遇ですわね……わたくしにも、同じものが見えていますわ」

「紛れもないガチ赤子」

生後数か月といったくらいの赤子だった。

第六章　船旅

無事に隊商を目的地に送り届け、依頼をまっとうしたファナたちは、ベガルティアへと戻ってきていた。

「レウス様でしたら、すでにお戻りですよ」

受付嬢に訊いてみると、どうやらレウスもこの街に帰ってきているようだ。

「今どこにいる？」

「つい先ほどお見かけしましたので、まだギルドにいらっしゃるかもしれません」

そうして一行はレウスを捜すことにしたものの、冒険者ギルドはかなり広く、手当たり次第では面倒だ。

「我に任せてくれ。主のにおいを辿れば簡単だ」

リルがクンクンと鼻を動かしながら言う。今は人化によって美女の姿をしているが、フェンリルである彼女は人間の何倍もの嗅覚を持っているのである。

「こっちだ」

リルが先導し、一行がやってきたのは酒場だった。

冒険者ギルドの建物内で運営されている酒場で、まだ早い時間だというのに冒険者たちで賑《にぎ》わっている。

「主は恐らくこの中にいる」

「酒場？　何で赤子が酒場になんかいるのよ？　……まぁ、赤子が冒険者ギルドにいる時点でおかしいんだけど」

だが酒場内を見渡してみても、それらしい姿が見当たらない。

「本当にここにいるのよね？」

「そのはずだ。そのはずだが……ひっく」

「……？」

どういうわけか、リルの顔が赤くなっていた。目もとろんとしていて、どうやら酒場内に充満しているお酒の匂いだけで酔ってしまったらしい。

「フェンリルって、お酒に弱いのね……」

頼りにならなくなったリルを余所に、酒場内を隈《くま》なく捜索するファナとアンジェ。

飲んでいる冒険者たちに話を聞いてみると、どうやらこの酒場には個室というものがあるらしい。

「赤子の冒険者？　ああ、それならあの部屋に入ってった気がするなぁ。それより、姉ちゃんたち、一緒に飲まねぇかぁ？　今ならおっちゃんが奢《おご》ってやるぜぇ」

「教えてくれてありがと。でもお酒は遠慮するわ」

「なんでぇ、つれねぇなぁ、ひっく」

酔っ払いを適当にあしらって、三人はその個室の前までやってくる。

そうしてドアを開けた彼女たちが見たものは、

「ひゃっほ〜〜〜〜っ！　ここはおっぱい天国だあああああああっ！」


三人の美女たちの胸に包囲され、恍惚《こうこつ》とした顔で叫ぶ赤子の姿だった。

「まったく、レウスは本当に胸が好きなんだな。まぁ英雄色を好むというし、君ほどの男児ならこの年齢で女の身体を求めてもおかしくはないか」

「うふふ、わたくしたちの命を救ってくれたお礼ですの。たっぷり堪能してくれていいんですのよ？」

「これくらい安いもの」

少し酔っているのか、火照った顔でレウスをトライアングルサンドしているその美女たちは、ファナやアンジェより幾らか年上だろう。

この酒場で飲んでいるということは冒険者だと思われるが、面識はなかった。

「……師匠、何してる？」

「ちょっとあんた、こんなとこで何やってんのよ!?」

声をかけると、とても赤子とは思えないニヤつき顔で、レウスがこちらを振り向いた。

「ええと……ご褒美？」

「ふぅん、ご褒美、ねぇ……」

「「「ひっ」」」

Ａランク冒険者の殺気立った剣幕に、美女三人が青ざめ、頬を引き攣らせる。

そこへ近づいていったアンジェは、レウスの首根っこを摑むと、彼女たちの間から強引に引っこ抜いた。

「って、ちょっ？」

「ここは赤子の来るところじゃないのよ？　帰るわ」

「…………………は、はい」

有無を言わせぬアンジェに、観念したように頷くレウスだった。

◇　◇　◇

せっかく美女三人と戯《たわむ》れていたのに、アンジェたちに見つかってしまった。

強引に引き離されて、俺は思わず嘆きの声を漏らす。

「ああ、さらば愛しのトライアングルおっぱい……」

オークの群れに囲まれているところを助けた、三人の美女冒険者たち。

ぜひ何かお礼をしたいと言われ、どうしようかなと考えていたところ、三人とも素晴らしい胸をしていることに気づいたのだ。

『だからといって、何が〝トライアングルおっぱい〟ですか?』

『きっと酔ってたんだ』

『マスターは一滴も飲んでないでしょう?』

と、そこで俺はあることに気づく。

ファナ、アンジェ、そしてリルもまた、先ほどの三人に勝るとも劣らない豊満な胸の持ち主たちであることに。

「もしかして、トライアングルおっぱい、リターンズ……?」

「あたしたちはやらないわよ!」

ダメらしい。

「……まぁ、冗談はさておき」

こうしてファナたちと無事に(?)合流した俺は、とある提案をした。

「色々あって、ちょっと行ってみたい場所ができたんだ」

「行ってみたい場所？　何よ、それは？」

「ええと、あの盗賊団が使ってた飛空艇の中で、とあるお宝の地図っぽいものを見つけたんだ。そこに行ってみようかなって」

実際にはそんな理由ではないのだが、本当のことを言うわけにはいかないので伏せておく。

『マスター、もしかして〝大賢者の塔〟に行かれるおつもりですか？』

リントヴルムの指摘に、俺は念話越しに頷く。

『ああ、そうだ。あの黒い魔石のことも気になるし、何より今あそこがどうなっているのか、見ておきたいと思って』

前世の俺が死んだ当時から、すでに千五百年以上は経っている。

メルテラを聖母と崇《あが》めるエルフの里で話を聞いてみても、彼らは『大賢者の塔』の存在すら知らない様子で、恐らくもう遥か昔に組織ごとなくなってしまったのだろう。

まぁ、元々は前世の俺の個人ラボであり、そこに弟子入り志願者たちが集まってできた組織なのだから、俺が死んだら自然消滅するのは当然と言えば当然だな。

『けど、あの塔は俺が相当頑丈に作ったからな。建物自体は今でも残ってるはずだ』

千年やそこらで崩壊するとは思えない。

建物が存在していれば、中に何か残っている可能性もあった。

『そういえば、リンリンはどこで休眠していたんだ？』

『残念ながら、マスターの復活を感知し、覚醒すると同時に移動を開始したため、どこにいたのかまでは認識しておりません。ただ、大賢者の塔とは異なる場所だったかと』

俺が死んだとき、リントヴルムは大賢者の塔に保管しておいたはずだ。

となると、何者かが持ち出した可能性がある。

「あんた、お宝とかに興味あるタイプだったっけ？」

「あるよ？　ぼく、金銀財宝、だーいすきっ」

「それはそれで嫌な赤子ね……」

アンジェに疑いの目を向けられつつも、ファナとリルはすんなり同意してくれ、俺たちは宝の在り処《か》、もとい、大賢者の塔へ向けて出発することに。

もちろん移動手段は飛空艇だ。

いったん街の外に出てから、亜空間の中に仕舞っておいたそれを取り出す。

「さあ、みんな乗って乗って」

「ん」

「……こうして目の前で見ると、思っていた以上に大きいわね。これが空を飛ぶなんて……」

「ま、また穴が開いたりしないだろうか……？」

「大丈夫、すでに所有権を僕に変更しておいたから。一緒にいる限りトラップは発動しないよ。後でみんなも登録してあげるね」

船内を恐る恐る歩くリルに、俺は言う。一度空から落とされたことがトラウマになっているようだ。

「ここで操縦ができるんだ」

そうして操舵室に入ると、ファナに抱きかかえてもらいながら、俺は操作パネルにあるボタンをポチポチと押した。飛空艇が起動し、空へと浮かび上がる。

「ん、外」

「街が見下ろせるわ！」

この操舵室は壁の大部分がガラス張りになっている。そのため空から地上を見渡すことができるのだ。

「ちなみに、今は向こうからこの飛空艇を見ることはできないよ。ステルスモードにしてあるからね」

「師匠、すごい。もう使いこなしてる」

「さすが我が主」

ファナとリルが賞賛してくれる。もちろん自分で作った船なので、最初から使い方を熟知していただけだ。

「それじゃあ、目的地を設定して、いざ、出発！　全速前進！　ヨーソローっ！」

船が勢いよく加速する。

「……よし、これで後は放っておいたら勝手に着くよ」

「えっ!?　そのままにしておいていいの!?」

「うん。風向きとかに応じて、船が方向を微調整してくれるからね。近づいてきたら通知音も鳴らしてくれるよ。魔物も自動で撃退してくれるし」

「すごく便利」

「ただし旧式だから、並みのドラゴンならともかく、古竜とかは倒せないけど」

「いや、十分すぎるでしょ……」

「目的地までは二、三日かかると思うから、この船の好きな部屋を使ってもらっていいよ」

俺が作ったこの魔導飛空艇セノグランデ号は、それぞれ右舷、左舷と呼んでいる左右二つの楕円体に分かれていて、それを繋ぐ接合部分に操舵室がある。

基本的な構造は左右のおっぱ……じゃない、右舷と左舷で同じだ。いずれも三階建てで、主に二階と三階が客室になっていた。

「寝泊りできる?」

「うん、ベッドもトイレもシャワー室も各部屋に備え付けられてるんだ」

「すごい。至れり尽くせり」

盗賊たちが酷い使い方をしていたため、修理や掃除が大変だったけどな。

「一応、一人用の部屋と二人用の部屋があるんだけど、人数が少ないからどこでも構わないよ。あと、部屋にシャワー室があるって言ったけど、右舷の三階には大浴場があるから、使うならぜひそっちを利用してみてね」

残念ながらさすがにこの大きさの船に大浴場を二つも設置する余裕はなく、男女混浴だ。

まぁ俺は赤ちゃんだから、どのみち男湯と女湯、どっちを使ってもまったく問題ないのだが。

『問題しかありません』

さらに船内には休憩や社交などに利用できる広いラウンジ、レストランやバーなどもある。

もちろん今は利用できないが、レストランの厨房で食事を作ることくらいは可能だ。

三階からは、大空を独占するような展望デッキに出ることもできる。

「ん、絶景」

「昼間もいいけど、夜も星がよく見えてすごく綺麗だよ」

ところで大賢者の塔がある場所は、誰もが簡単に訪れるようなところではない。

辿り着くためには、最低でも二つの大きな関門を乗り越える必要があった。

一つ目は広大な砂漠。

大賢者の塔は危険な砂漠のど真ん中に存在しており、それゆえまずはこの砂漠を横断しなければならない。

日中は四十度を超え、夜になると今度は氷点下を下回り、時に猛烈な砂嵐が巻き起こる。

右を見ても左を見てもただひたすら砂地が続くため、方向感覚を失って彷徨《さまよ》い続け、そのまま力尽きる者も珍しくなかった。

過酷なのはもちろん環境だけではない。

この砂漠で独自進化を遂げた凶悪な魔物が、数多く棲息しているのだ。

安易に立ち入った人間の大半が生きて帰ってこないことから、当時は『死神砂漠』と呼ばれ、恐れられていた。

もっとも、俺が作ったこの魔導飛空艇にかかれば、この砂漠を越えることなどお茶の子さいさいである。

「ほんと、延々と砂漠が続いているわね……」

「ん。あそこ、魔物」

「ハイエナの魔物ね……って、砂の中から何か飛び出してきたわ!?　しかもでかい!?」

巨大な芋虫のような魔物がハイエナの足元から現れたかと思うと、鋭い牙が並ぶ巨大な円形の口で、ハイエナを丸呑みにしてしまった。

そしてすぐに砂の中へと潜っていく。

「あれはサンドワームだね。砂の中をかなりの速度で泳ぐことができて、目が見えない代わりに、音を敏感に感知する能力に長けているんだ。一キロ離れた獲物の歩く音にも反応すると言われてるよ」

サンドワームに食い殺された旅人は少なくない。

もちろん先ほどのハイエナのように、砂漠の魔物もよく餌食《えじき》になっていた。

まぁあのハイエナ、エビルハイエナというのだけれど、決してただの非捕食者などではない。

敏感さと俊敏さを兼ね備え、時にはサンドワームの攻撃を躱し、逆に身体に噛みついて食い殺す狂暴な魔物だったりするのだ。

「砂の中に身を潜めてるのはサンドワームだけじゃないよ。水を溜めた袋を頭の先にぶら下げていて、近づいてきた獲物を喰らうサンドアンコウとか、嵌《は》まり込んだら抜け出せないすり鉢状の窪みを作って、獲物を捕まえるデザートアントヘルとか、色々いるから」

「……こんなところ、絶対徒歩じゃ進みたくないわね。それはそうと、あんた、何でそんなに詳しいのよ？」

「あうあー？」

そうして砂漠を飛び続けると、やがて前方に広大な緑地が見えてきた。

その中心には湖らしきものがある。

一見すると砂漠のオアシスだが、残念ながらそんな生易しいものではない。あれこそが大賢者の塔に辿り着くために越えなければならない、第二の関門なのだ。

「ん、緑。それに湖」

「綺麗な湖ね！」

見えてきたオアシスに、ファナとアンジェが目を輝かせる。まぁ見た目は確かに、過酷な砂漠の中に現れる、癒しのオアシスだ。

「む、木のところに何かいるぞ？」

視力の良いリルが指さした先で、木から木へと飛び移る影が幾つもあった。

「あれはマッドモンキーっていう猿の魔物だよ。すごく好戦的で、縄張りにしているあの湖周辺の森に少しでも近づいたら、群れで一斉に襲い掛かってくるんだ。ほら、ちょっと見てて」

俺は召喚魔法を使う。

すると操縦室の中に現れたのは、一体のオークだ。以前、森かどこかで遭遇したオークだが、こんなこともあろうかと殺さずに召喚獣にしておいたのである。

「じゃあね」

「ブヒイイイイイッ!?」

足元の床が開いて、オークが地上に落ちていく。

「っ!?」

トラウマを想起させられたのか、リルが慌てて壁の方に逃げた。

そのオークが木の枝葉を圧し折りながら地面に激突。ただ、ちょうど柔らかい砂の上に落としてあげたので、まだ生きているはずだ。

「「「ウキイイイイイイイイイイイッ!!」」」

次の瞬間、森のあちこちから凄まじい猿の鳴き声が響き渡った。

そうして木から木へと猛スピードで移動しながら、一斉に空から降ってきたオークのところへ殺到する。

「ブヒイイイッ!?」

慌てて逃げようとしたオークだったが、そのときにはすでに四方八方を取り囲まれていた。

次々と飛びかかっていくマッドモンキー。

一匹一匹はオークと比べると子供のようなサイズだが、あっという間に埋もれて見えなくなってしまうオーク。

しばらくすると、マッドモンキーたちは満足したように散っていった。

残されたのは、オークの骨だけ。

「……一瞬で喰いつくした」

「怖っ！」

頬を引き攣らせるファナとアンジェだったが、まだまだ湖の周辺は優しいものだ。もっと危険なのが湖の方である。

「今度は湖の方にオークを落として、と」

「ブヒイイイイッ!?」

また別のオークを湖へと落とす。

するとまだ水面に到達する前から、湖に異変が発生する。

ピチピッ!!

「な、何あれ!?　湖の中から巨大な生き物が飛び出してきた……っ!?」

「違うよ、アンジェお姉ちゃん。よく見てよ」

「っ、まさか、無数の魚っ!?」

巨大な生き物に見えたそれは、実はマッドピラニアと呼ばれる魔物の集合体だった。

「泳いでる？」

ファナが目を丸くして呟いた通り、仲間の身体の上を泳ぐようにして、ピラニアたちが空へ空へと昇っていたのだ。

そうやって空中に飛び出した無数のマッドピラニアたちが、水中に落ちる前にオークを捕まえた。

そのまま水中へと引き摺り込まれていくオーク。

やがて水面が静かになったかと思うと、骨だけがぷかりと浮き上がってきた。

「「……」」

ファナとアンジェが絶句している。

普通の船で渡るのは自殺行為。空を通るにしても、最低でも百メートル以上の高度は必要なのだ。

「それはそうと、ようやく目的地が見えてきたよ」

巨大な湖の中に浮かぶ島。

そこに天高く聳え立つ『大賢者の塔』があった。

「すごく高い塔」

「こんな場所に人工的なものがあるなんて……一体誰がどうやって作ったのよ……？」

もちろん作ったのは俺だ。

とはいえ、最初はせいぜい地上三百メートルくらいの高さだった。

だが研究スペースが足りなくなったり、弟子が増えたりして、その都度、延伸させていったことで、最終的には地上八百メートルを超える高さになってしまった。

天気の悪い日などは、最上階から雲海を見下ろすこともできる。

『思った通り、千年以上が経ってもほとんど劣化していないな』

『セキュリティも機能しているようです』

『ということは、地上から入るしかなさそうだ』

屋上は飛空艇の離着陸場になっているのだが、この船は登録外なので、直接そこに着陸させることはできない。

いったん地上へと降りることにした。

◇　◇　◇

僕の名はアルス。Aランクの冒険者だ。

君は知っているだろうか？　とある幻の塔のことを。

それはかの伝説の大賢者アリストテレウスが晩年、魔導研究に没頭したとされる塔だ。そこには現代でも到底及ばないほどの研究記録や魔導具が、幾つも眠っているらしい。

だけどその塔に至るためには、幾つもの危険地帯を踏破しなければならないという。

そのため未だかつて、誰一人として、その塔に辿り着くことができた者はいなかった。

──僕たちを除いて。

「これが……大賢者の塔……なんて高さなんだ……千年以上も昔に、こんな建造物が作られたなんて……」

「やっぱり伝説は本当だったのね……っ！」

「ああ、間違いない！　ははっ、これは世紀の大発見だ！　俺たちの名前は、きっと歴史に残るぞ！」

仲間たちが感動と感嘆の声を漏らす。

そう。ついに僕たちは、前人未到の大賢者の塔へと至ったのである。

ここまで来るのに凄まじい苦労があった。なにせ最初にこの挑戦を決意してから、もう十年が経っているのだ。

サンドワームに幾度も喰われかけ、猛烈な暑さに幻覚まで見たあの日。

超好戦的な猿の大群に襲われ、懸命に逃げ惑ったあの日。

湖に棲息する恐怖のピラニアを前に、もはや打つ手なしと諦めかけたあの日。

今までに十回以上も挑み、その度に途中で断念し、引き返し続けてきた。

だけど、僕たちは諦めなかった。失敗する度に対処法を編み出し、数々の試練を乗り越えてきたのだ。

「入り口は反対側のようだな」

「行ってみましょう！」

「せっかくここまで来たんだ！　中に入ってみないとな！」

待ち切れないとばかりに、僕たちは塔の根元へと走った。

そして――


「ん、誰か来た」

「え、こんなところに人……？」


先客がいたあああああああああああああっ!?

しかも若い女性の三人組だ。そのうち二人はまだ十代にしか見えない。

「もしかして普通に砂漠や湖を抜けてきたのかな？　なかなかやるねー」

それに赤子までいる!?　って、今、喋らなかったか……？

「ど、どうなっているんだ!?　これは前人未到の幻の塔のはずだろう!?　なぜ先客がいるんだ!?」

僕は思わず頭を抱えて叫んでいた。

すると先ほどの赤子が、

「前人未踏？　大賢者が塔を作ったんだから、前人未到じゃないでしょ」

もはや赤子が喋っていることなど忘れて、僕は声を張り上げる。

「大賢者は例外だろう！　それ以降、誰かがこの地に辿り着いたという記録は一切残っていない！　僕たちがっ……僕たちが初めてだったはずなのに……っ！　ここに来るまでどれだけの日数と費用と労力をかけたと思っているんだ……っ!?　なのに、どうしてっ……どうして先客がっ……ああああああああああっ！」

「ええと……なんかごめんね」

第七章　大賢者の塔

塔の入り口の近くまでやってきたときだった。

『マスター、何者かがこちらに近づいてきています』

リントヴルムに注意を促されてしばらくすると、冒険者らしき集団がやってきた。

「ど、どうなっているんだ!?　これは前人未到の幻の塔のはずだろう!?　なぜ先客がいるんだ!?」

その中の一人が僕たちを見て叫んでいる。

「前人未踏？　大賢者が塔を作ったんだから、前人未到じゃないでしょ」

確かにここは簡単には辿り着けない場所にあるが、それでも当時は弟子が何人もやってきていたし、決して前人未到なんていう大層なものじゃない。

「大賢者は例外だろう！　それ以降、誰かがこの地に辿り着いたという記録は一切残っていない！　僕たちがっ……僕たちが初めてだったはずなのに……っ！　ここに来るまでどれだけの日数と費用と労力をかけたと思っているんだ……っ!?　なのに、どうしてっ……どうして先客がっ……ああああああああああっ！」

だけど彼は最愛の家族を亡くしたかのように慟哭《どうこく》し始めてしまう。

「ええと……なんかごめんね」

赤子に同情されるとか、どうよ？

呆れていると、彼は震える声で訊いてきた。

「も、もう、塔の中には入ったのか……？」

「え？　まだだけど？」

「っ、そうかっ……それならっ……」

突然、その冒険者が塔の入り口に向かって全速力で走り出した。

「先に塔内に入った僕たちがっ、本当の一番乗りだぁぁぁぁぁぁぁっ！　みんなっ、走れぇぇえええっ！」

「「「おおおおおおっ!!」」」

それに応じるように仲間たちが一斉に駆け出す。

どうやら塔への一番乗りだけは絶対に死守しようという魂胆《こんたん》らしい。

「すごく必死。追い抜く？」

「先を越されちゃうけど、いいの？」

ファナとアンジェが訊いてくるが、俺は首を左右に振った。

「……それで満足してくれるなら、好きにしていいよ、うん」

一番乗りとかどうでもいいしな。

そもそもここに塔を作ったのは前世の俺なのだ。

「やったぞ、俺たちこそが真の一番乗りだ！　だがこの巨大な扉、一体どうやって開ければ……」

「おい、こっちの小さい方の扉、普通に開くぞ！　中に入れる！」

「でかした！　彼女たちが来る前に塔内へ！」

入り口に着いた彼らは、通用口の扉を開けて中に入っていった。

「彼らにお宝を取られちゃうかもしれないわよ？」

「その心配はないよ」

「何で分かるのよ？」

「えーと……勘？」

どのみち彼らの実力では、この塔の上層に辿り着くことは不可能だろう。それどころか、最初の関門すら抜けられないと思う。

実はこの塔の下層、侵入者を排除するためのダンジョンになっているのだ。

特に入ってすぐのところには最初のボスモンスターが配置されていて、そう簡単には突破できない。

彼ら全員が塔内に消えてから、僅《わず》か数十秒後のことだった。

「「「ぎゃあああああああああああっ!?」」」

悲鳴と共に入り口から勢いよく飛び出してくる。

「ななな、何なんだ、あの怪物は!?」

「恐らく侵入者を排除するための門番だ……っ！　だが未だに機能しているとは……っ！」

「あんなのが入ってすぐのところにいたら、先に進めないじゃないの!?」

どうやらもう引き返してきたらしい。

思った通り、彼らには荷が重い相手だったようだ。

『この大賢者の塔に辿り着いた者を排除するためのものだからな。辿り着くだけで精一杯だった連中が、容易に突破できるはずもない』

『ちなみに転生して別の身体になった今、マスターご自身も、このダンジョンを攻略しなければ上層に辿り着けませんが？』

『おいおい、俺を誰だと思っているんだ、リンリン？　赤子の身体で前世より弱体化しているとはいえ、この程度のダンジョンを踏破するなど朝飯前だ』

入り口前でぐったりしている冒険者たちを余所に、俺たちは塔内へ入ろうとする。

「お、おい！　悪いことは言わないから、お前たちもやめておいた方がいいぞ!?　いや、もちろん、君たちに先んじたいから言ってるわけじゃない！　中にいるのは今まで僕が遭遇した、あらゆる魔物よりも恐ろしい存在だっ！　手を出さない方がいいっ！」

背後から先ほどの冒険者が忠告してくれたが、当然のごとく無視だ。

「師匠、ああ言ってる」

「だ、大丈夫かしら？」

「ふん、あのような輩《やから》、放っておけばよいのだ」

脇の門から中に入ると、そこは数階層分が吹き抜けになった広大な空間になっていた。

その中央に屹立していたのは、高さ十メートルを超える巨大な女神像だ。

鎧《よろい》や兜《かぶと》を身に着け、剣を装備しているので、戦女神と言ってもよいだろう。

俺たちが入ってきたのを感知して、その目が怪しく光り、ゆっくりと動き出す。

「う、動いたんだけど!?」

「ゴーレム？」

直後、女神像が猛烈な速度で迫ってくると、豪快に剣を振り下ろしてくる。

ズドオオオオオオオオオオオオオオオオンッ!!

「〜〜〜〜〜〜〜〜っ!?　な、何なのよ、こいつは!?」

「……やばい」

「っ……ほう、やるではないか」

辛うじて攻撃を回避したファナとアンジェが驚愕する一方、リルは感心したように鼻を鳴らしながら訊いてくる。

「我が主よ、この身体ではさすがに荷が重い相手だ。元の姿で戦わせてもらうぞ」

「いいよ～」

リルの身体が瞬く間に膨張し、全身が白銀の毛で覆われていく。

そうして姿を現したのは美しい巨狼だった。

「こ、これがリルの本来の姿!?」

「大きい」

白銀の毛並みを翻《ひるがえ》しながら、反撃とばかりに女神像へと突進する。その鋭い牙で身体に噛みつくと、豪快に振り回してから放り投げた。

「あれがフェンリル……なんて強さなのよ……？」

「びっくり」

しかし壁に激突した女神像は、すぐに起き上がると、その背に六本の翅《はね》を出現させる。

「気を付けて、本気を出してきたよ」

俺が注意を促した次の瞬間、翅の一つから強烈な雷撃が放たれ、リルに直撃した。

「アオオオンッ!?」

これにはさすがのフェンリルも、思わず苦悶《くもん》の鳴き声を上げてしまう。

『ぐっ……何だ、今のは……？』

「あの翅は魔法を放てるんだ。しかも六本それぞれ別の種類の魔法を発動してくるよ」

『人形のくせに、そんなことができるというのか……っ！』

あの翅は赤、青、緑、黄、黒、白の六色あって、炎の槍、氷の矢、雷撃、砲弾、影縛り、光線と、色ごとに違う魔法を打ち出せるのだ。

「あれだけの速さで剣を振るいながら、六種類の魔法まで使えるなんてっ!?」

「……どうやって倒す?」

アンジェとファナが困惑しているが、俺の当時の弟子たちも、この女神像には大苦戦していたっけ。

一応、何度か戦っていると、段々その攻略法が分かってくるように作ったのだが。

『最低でもこれを越えなければ、大賢者の塔の一員になることはできないんだけどな』

ゆえに当時、ここは世界最高峰の魔法の研究所となっていたわけだ。

『しかしマスター。初期の頃はともかく、大半はこれを回避して塔内に入っていたかと』

『え? そうなの?』

『研究のためには助手も必要ですし、当然、魔法使いたちの生活をサポートするスタッフも不可欠ですからね。全員が全員、こんなものを倒せるはずがありません。飛空艇の定期便も出て、頻繁に都市と行き来もしていたようですし。マスターのように、数十年分の食料を亜空間内に保管しておくことなどできませんから』

細かいことは弟子たちに任せてたからなぁ……。

「まぁ、今日のところは僕も参戦しよっか」

リルは相性が悪い相手だし、今のファナとアンジェではまだ敵《かな》わないだろうから、俺も一緒に戦うことにした。

「まずはあの翅を壊すのがセオリーなんだ」

俺は複数の魔法を同時に発動し、女神像の翅を攻撃していく。

水を赤い翅に、炎を青い翅に、そして隕石を緑の翅に、という感じで、逆の属性の魔法を使うのが、早く破壊するコツだ。

しかしそう簡単には直撃しない。

というのも、あの翅はそれぞれが自由に動き回り、回避行動を取るからだ。

「もっとも、こっちは追尾機能を付けてるから、逃げても無駄なんだけど」

翅に避けられても、俺の魔法はすぐにその後を追いかける。

そうして次々と着弾し、翅がどんどん削れていく。

このまま大人しくやられてなるものかと、女神像が俺に狙いを定めて襲いかかってきたが、そこへ横からリルが飛びかかった。

『させはせぬ！』

リルの突進を受けて、女神像が吹き飛ばされる。その間にも俺の魔法を受け続け、翅はもうボロボロだ。

「戦う」

「そ、そうね！　あたしたちも見てるだけじゃないのよ！」

ひっくり返った女神像に、すかさず攻撃を見舞うファナとアンジェ。

そうして六枚の翅が完全に破壊されるとほぼ同時、女神像本体の方もダメージが許容量を超えたようで、動かなくなったのだった。

『放っておいたらまた復活するけどな。しかし、あれからまだ機能停止せずに動き続けているとは……さすがは俺の傑作の一つだ』

『自画自賛ですか。長らく訪れる者がいなかったことも一因かと』

そうして最初の難敵を退けた俺たちは、塔の上層を目指すのだった。

◇　◇　◇

「……あのパーティ、まったく戻ってくる様子がないぞ？」

先ほど僕たちが命からがら逃げ帰ってきた、大賢者の塔。

だがその直後に入っていった連中が、いつまで経っても帰ってくる気配がない。

「もしかして、あの女神像とまだ戦っている……？　まさか、倒したなんてこと……いやいや、そんなはずはないっ。僕たちですら、手も足も出なかった相手なんだ。しかしそうなると、考えられる可能性は一つしかない」

なんとも残念な話だけれど、恐らくやられてしまったのだろう。

「僕たちの忠告を聞かないからだ」

せっかく僕たちが身をもって危険を知り、教えてあげたというのに。これだから血気盛んな若者は……。

若くしてこの場所まで辿り着いたのは賞賛すべきだけれど、逆にその若さが仇《あだ》となったのかもしれない。

「せめて死体だけでも回収してあげよう。申し訳ないが、お願いしていいか？」

「……了解」

隠密《おんみつ》行動を得意とする仲間が、再び塔内に入っていく。彼ならあの凶悪な女神像に気づかれず、遺体を回収することができるだろう。

しかしすぐに慌てた様子で戻ってきた。

「どうした？　まさか、死体が残っていなかったのか？」

僕の問いに首を左右に振ってから、彼は恐る恐る答えたのだった。

「……女神像が、破壊されていた」

「は？」

◇　◇　◇

『それにしても、我ながらなかなか面倒なダンジョンを作ったものだなぁ』

大賢者の塔のダンジョンを攻略しながら、俺は思わずぼやいていた。

正しいルートを進まなければ何度も来た道に戻される永久ループのトラップに、塔の外にいきなり放り出される強制退場トラップ、さらには魔物を千体倒さなければ出られない部屋など、厄介な仕掛けが大量に設置されているのだ。

『当時はまさか自分が挑戦する羽目になるとは思ってなかったし……』

あくまで侵入者を排除するためのもので、当然ながら俺自身が出入りするときにわざわざ地上から登っていくなんて真似はしなかった。

それでも辛うじて残る記憶を頼りに、どうにかダンジョンを攻略していく。

「ていうか、初めて来たはずなのに、何でそんなに簡単にトラップを回避できるのよ？」

「この程度のトラップ、見ただけで分かると思うけど？（大嘘）」

前世の俺が仕掛けたものだし、もちろん見ただけで分かるようなトラップではない。

もし当時の記憶なしに攻略しろと言われたら、さすがの俺もかなり苦労するだろう。

「さすが師匠。大天才」

「ほんとかしら……」

そうしてダンジョンを抜け、ついに俺たちは塔の上層へと辿り着いた。

ここから先は弟子たちが研究に利用していたフロアになっているので、もうトラップなどはないはずだ。

『さて、研究資料とかは残ってるのかな？　――え？』

俺は思わず絶句してしまう。

そこに広がっていたのが、前世の頃と何一つ変わらない光景だったのだ。

「人がたくさんいる」

「ちょっと、何なのよ、ここはっ？　ダンジョンの上に、街があるってこと!?」

一瞬、自分が幻覚でも見ているのではないかと疑ったが、どうやらファナとアンジェにも見えているらしい。

どういうわけか、当時とまったく同じように、魔法使いたちが行き交っていたのである。

『もしかして建物だけじゃなくて、組織そのものも残ってるとか？』

『いえ、さすがにそのはずは……』

驚くこちらには興味がないのか、俺たちが騒いでいるにもかかわらず、誰もがこちらを見向きもせずに通り過ぎていく。

その中には見知った顔もあった。

『前世の頃から、実はまだ十年くらいしか経ってない可能性も微《び》レ存《ぞん》？』

『その方がもっとあり得ないかと』

俺の推測はリントヴルムに一蹴されてしまう。まぁ、そうだろうなぁ。

「随分と奇妙なニオイがする。人間とは違う、嫌なニオイだ」

リルが顔を顰め、鼻を鳴らしながら言った。俺は頷く。

「そうだね。人間じゃなさそうだ」

「？　人間にしか見えない」

「人間じゃないって、どういうことよ？」

「ほら、ちょっと見ててよ」

ちょうどいいところに目の前を通り過ぎようとした女魔法使いがいたので、俺は彼女のスカートの裾を思い切り捲《まく》り上げた。

「ほほう、地味な顔してノーパンとは」

「何やってんのよ!?」

アンジェが怒鳴ってくるが、お尻が丸見えになったにもかかわらず、その女魔法使いは何事もなかったかのように無言で去って行ってしまった。

「……無反応？」

「そういえば、これだけ人がいるのに、話し声が一つも聞こえてこないわね……」

「うん。彼らは生きた人間じゃないよ。かなり精巧だけど、恐らく人形に近いと思う」

「『人形？』」

それからあちこち歩き回ってみたが、やはりいるのは無言無反応の人形だけ。生きた人間は一人も見当たらない。

そしてどうやら当時この塔にいた者たちの姿を、完全に再現しているようだった。

あまり記憶にない顔もあったが、元より全員の顔を覚えていたわけではないしな。

もちろん先ほどのようにスカートを捲ってみても、お尻を触ってみても、胸に飛びついて揉みしだいてみても、まったく怒られることはなかった。

「なに好き放題してんのよ！」

人形とはいえ、見知った顔だとすごく興奮するよね、ハァハァ。

『……最低ですね』

『おっ、あそこにいるのはメルテラじゃないか！』

ハイエルフ（人形）を見つけた俺は、その胸に顔からダイブしていく。

『素晴らしい！　あのエルフの里の像と違って、胸の大きさが完璧に再現されている！』

メルテラ（人形）の胸に顔を埋めて、俺はその再現度の高さを称賛する。

『どれどれ、せっかくだから下の方も見せてもらうとするか』

『いい加減にしてください、このエロジジイ』

しかし一体誰が何のためにこんなものを作ったのか、まるで見当もつかない。

『おっと、ここから先は俺専用のフロアだな』

塔の最上層までやってきたところで、俺はファナたちに告げた。

「それじゃあ、僕はこの先を調査してくるから。お姉ちゃんたちはこの辺で寛《くつろ》いでいていいよ」

「？　私も行く」

「何であんた一人で行くみたいなこと言ってんのよ？」

「我が主よ、何かあれば危険だ」

彼女たちを置いていくつもりなのは、他でもない。

『だって当時のエッチなコレクションとか回収しないといけないし！』

『糞《くそ》みたいな理由ですね、マスター』

『いやいや、すごく大事なことなんだぞ!?　あのときどうしても処分できなくて、隠し部屋に保管しておいたんだ！　ああ、どうかそのまま残っていてくれ……っ！』

もし俺の死後、誰かに発見されていたらと思うと恥ずかしい。

俺の性癖がバレてしまうからな。

『……隠さなくても、すでにマスターの性癖はバレバレですが？』

ちなみに俺の専用フロアに行くには、特別な扉を通らなければならず、通過するには必ず暗証コードを告げる必要があった。

「汝《なんじ》、ここを通りたくば呪文を唱えよ」

扉に近づいていくと、どこからともなくそんな声が聞こえてきた。

「扉が喋った？」

「呪文って何のことよ？」

首を傾げるファナたちを余所に、俺はその文言を念話で伝える。

『開けゴマ』

「……通るがよい」

扉は開かないが、気にせず真っ直ぐ進むと、身体が扉を通過していく。

「じゃあ、後でね～」

「ちょっ、待ちなさいよ！　いたっ!?」

慌てて追いかけてこようとしたアンジェだったが、扉に激突してひっくり返ってしまう。

先ほどの文言を扉に伝えた者以外は、ここを通ることができないのだ。

「さてさて、一人になったことだし、早速コレクションを回収してくるか」

『それよりも先にこの謎の現象の原因を探ってみては？』

「いいや、コレクションが先だ！」

『……』

そうして当時の自室にやってきた俺は、そこであるものを目撃することになる。

「なんか〝俺〟がいるんだが」

考えてみたらあり得る話だった。弟子たちも全員が当時の姿を人形によって再現されていたのだから、かつての俺の姿を再現した人形がいてもおかしくはない。

ただ、その〝俺〟は情けないことに地べたにひれ伏していた。

そして〝俺〟の頭を踏みつけながら、勝ち誇ったように叫ぶ人物が。

「まったく、こんな簡単な魔法理論も理解できないなんて！　相変わらず無能だねぇ、君は！　天下の大賢者、アリストテレウスの名が聞いて呆れるよ！　まぁ、もっとも、このぼくはそんな君を大きく凌駕するほどの天才だから仕方ないけれどねぇ！」

四十代半ばくらいの男だ。

どこかで見たことある気がする顔だが……うーん、思い出せない。

『ていうか、老人の頭を踏むとはけしからんな』

『怒るのはそっちですか？　自分の姿をした人形が馬鹿にされているのですよ？』

『いや、別に人形だし……』

しかしこれは一体何なんだ？　初めて言葉を喋っている人間に遭遇したが、あいつがこのおかしな現象の犯人なのだろうか？

「さあ、ぼくの凄さを讃《たた》えてみなよ、アリストテレウス！　エウデモス様、あなたこそ真の大賢者です、ってねぇ！　ほら、言ってみなよ！　ぜんぜん聞こえないねぇ！」

喋ることもできない人形をガシガシ踏みつけながら、血走った目で命じる男。

『エウデモス……？　そういえば、そんな名の弟子がいたような……』

『はい。わたくしも記憶しています。禁忌《きんき》指定の研究に手を出したことから、この塔を追放された弟子の一人です』

『おお、そうだったそうだった』

とそこで、ようやく俺の存在に気づいたようだ。

「っ？　そこにいるのは誰だっ!?　……赤子？」

「久しぶりだね、エウデモス」

俺は気さくに声をかける。

「ぼくの名を知っている……？　ただの赤子じゃなさそうだね？　何者だい？」

そう問われて、俺はエウデモスの足元で平伏する老人を指さしながら告げた。

「僕はレウス。だけど前世はこう呼ばれていたよ。――大賢者アリストテレウスってね」

正体を明かすと、エウデモスは途端に慌て出した。

「っ!?　あ、アリストテレウス!?　そ、そんなはずはっ……」

「本当だよ？」

「わ、若返ったとでもいうのか!?　いや、今、確かに前世と……。そういえば、やつが転生の魔法の研究をしていると、聞いたことがあるっ……まさか、それに成功したというのか……っ!?」

「そういうこと。それで、君は何でこの時代まで生きているの？　あ、でも生きているという言葉は語弊があるかな？　だってその身体、明らかに人間のそれじゃないし」

「……く、くくくっ」

なぜか急にエウデモスが笑い始める。

「あはははははっ！　そうだ！　ぼくはあれからずっと生き続けてきた！　この特別な身体に、自分の頭脳と精神を完全に移すことによってねぇ！」

恐らくあの身体、人形たちと同様、スライムなどの不老不死生物に近いものだろう。

確かにそうしたものに記憶や魂を移し替えれば、永久に生き続けることは不可能ではないかもしれない。

「一方の君は、一度死んでしまったというのにねぇ！　これはすなわち、ぼくの方が優れているということの証明に他ならないだろう！」

先ほど俺の人形を足蹴《あしげ》にしていたことといい、彼は俺に何か強い恨みでも持っているのかもしれない。

どうにか記憶を遡《さかのぼ》ってみる。

『ええと、そういえば、禁忌指定の研究に手を出した罰で塔を追放すると告げたら、怒って襲いかかってきたんだっけ？　自分ほどの人間を追放するなどあり得ないとかなんとか……随分とプライドの高い男だったよな』

まぁ、あっさり撃退してやったのだが。

『恐らくそのときの屈辱を晴らすため、こうして当時の光景を人形で再現させたのでしょう。そして塔のトップであるマスターの椅子に座り、マスターの姿をした人形を罵倒している、と』

それも昨日今日、始めたわけではないだろう。どれほどの期間、こんなことを続けていたのか、想像するだけでゾッとしてしまう。

「……一応言っておくけど、君がやったそのやり方、僕も一度は考えたやつだけどね」

「っ？　な、何だと!?　いや、そんなはったりに騙《だま》されるとでも思ったか！　思いついたというのなら、なぜやらなかった!?　それとも実現ができなかったのか！　くくくっ、となれば、やはりこのぼくの方が優れているということ！」

「もちろんやろうと思えばできたけど？　単にやらなかっただけだよ」

その理由は単純。

人間の精神は、長期間にわたって人間以外の身体に入ることに耐えられないからだ。

だから俺はこのやり方を諦め、成功確率は低いが、一か八か転生する方法を選んだのである。

「はははははっ！　そんな言い訳をしても無駄だっ！」

「言い訳じゃないってば。気付いていないかもしれないけど、君、とっくに精神がダメになっちゃってるよ？　だって、当時の光景をそのまま再現させて、それを何百年もず～～～～～～～～～～～～～～～～～～っと維持し続けてきたんでしょ？」

そんな真似、まともな人間だったら到底できないはずだ。

「つまり君の精神はもう、人間の頃とは似て非なるものになってるってこと。その不老不死の身体に、精神が侵食されちゃってるんだ」

「な、なんだと……？　そんな、はずは……」

　突きつけられた事実を受け入れられないのか、わなわなと唇を震わせながら「そんなはずはない
そんなはずはない」と何度も呟くエウデモス。

　さらに追い込んでみる。

「じゃあ訊くけど、この塔を乗っ取ってから、何か大きな研究成果とかあった？　どうせその身体
に満足して、人形のアリストテレウスを馬鹿にすることだけに時間を浪費し続けてたんでしょ？

千年以上も、ずっと」

「っ、そんな、そんなことはっ……」

　何も具体的なことを言い返せないのは、図星ということだろう。

「不老不死の身体に引っ張られて、成果がゼロでも焦りとか何もなかったんだろうね。当然そんな
ことしてたら、知能も退化していっちゃうだろうし……まぁ未だにこうして最低限の会話ができて
るってだけでも、立派なものかもしれないね」

「だ、だ、だ、黙れぇぇぇぇぇっ！」

　エウデモスの顔が大きく歪む。

　いや、それどころか、身体そのものがぐにゃぐにゃと歪み出していく。

　やがてそこに現れたのは、まさにスライムそのものと言っていい、不定形の粘液体だ。恐らく怒

りで理性が吹き飛び、人間の姿を保てなくなってしまったのだろう。

「殺ス殺ス殺ス殺ス殺ス殺スッ、殺シテヤルウウウウウウウウウッ!!」

そうして凄まじい殺気を放ちながら、スライム状となったエウデモスが躍りかかってくる。

「アリストテレウスゥゥゥゥゥッ！　ソノ脆弱ナ赤子ノママ、ココニ来タノガ不運ダッタナァァァアッ！」

「ところがどっこい、この身体でももう十分戦えるんだよね。炎蛇」

「ッ!?」

俺はすかさず攻撃魔法を発動。炎の大蛇が放たれ、エウデモスの身体を呑《の》み込んだ。

しかし次の瞬間、何事もなかったかのように炎を霧散させながら、エウデモスが飛び出してくる。

「あれ？　炎が」

「ハハハハハッ！　無駄ダァァァァッ！　コノ身体ハ魔法ヲ無効化スルノダァァァァッ!!　死ネェエエエエエッ！」

「っと」

横に飛んでエウデモスの突進を躱す。

そのまま壁に激突したエウデモスは、勢いよく跳ね返って再び襲いかかってきた。

「なるほど、魔法を無効化か。まぁでも、これは無理でしょ」

俺はエウデモスの攻撃を避けつつ、六種類の魔法陣を同時展開させた。

すべて異なる属性の魔法だが、それを一つに融合させていく。

「無駄ダト言ッテイルダロウ!?　イカナル魔法ダロウト、ボクニハ効カナイィィィィッ！」

反発し合う属性の魔法を無理やり融合させることで、ありとあらゆる物体を消し去る特別なエネルギーが生まれる。

それこそが、俺の生み出した最強の攻撃魔法だ。

同種ならともかく、六つの異なる属性の魔法を一度に発動するのはなかなか高度な技術が必要である。

加えて、本来なら反発し合うそれを融合させるのは簡単なことではない。

この赤子の身体では今まで使用困難だったが、日々の鍛錬のお陰で最近ようやくこの魔法を発動できるところまで成長したのだ。

「――六属性融合式完全抹消魔法」

次の瞬間、放たれた無色透明な光によって、エウデモスの身体が塵《ちり》ひとつ残すことなく消し飛んでいた。

俺は汗を拭《ぬぐ》いながら息を吐く。

「ふう。俺にこの魔法を使わせるとはな」

『……マスター、ご注意を。まだ敵の気配が消えていません』

「え？」

リントヴルムが指摘した直後、先ほどからずっと床に突っ伏していた俺の姿を模した人形が、跳ねるような勢いで立ち上がった。

かと思うと、その姿がエウデモスのそれへと変貌していく。

「ハハハハハッ！　流石ダナァ、アリストテレウス！　ダケド、ヤハリボクニハ効カナイッ！　ナゼナラ、コノ塔ニイル、スベテノ人形タチガ、コノボクノ身体ノ一部ナノダカラネ！　ツマリ、塔中ニ散ラバッタ、スベテノ身体ヲ消サナケレバ、ボクヲ倒スコトハ、デキナイトイウコトダッ！」

「ったく、また随分と厄介な性質だな」

だが自分からそれを明らかにするとは愚かなやつだ。

「ネタが割れたならやりようはある」

ただし、リントヴルムの補助だけでは不可能だ。

またあいつの力を借りる必要があった。

「ちょうど休眠から醒《さ》める頃合いだしな」

『正直わたくしとしては気乗りがしませんね』

「……俺も本当は呼び出したくないが、この状況だから仕方ないだろう」

俺は亜空間の中から漆黒の杖を取り出した。

聖竜杖リントヴルムとは色んな意味で対照的な杖、闇竜杖バハムートである。

「起きろ、バハムート」

『マスタあああああああああああっ！』

呼びかけるとほぼ同時、俺の顔面を目がけて飛びついてきたので、咄嗟にリントヴルムでガード。

『っ!?　性悪〰〰〰っ！』

それがリントヴルムだと認識した瞬間、バハムートから猛烈な殺気が立ち上った。

『何でお前がここにいるのっ!?　まさか、わたしが眠っている間に、マスターと……っ！　不倫よ、不倫っ！　絶対に許せない〰〰〰っ！』

『まったく、相変わらずのようですね。本当に面倒くさい……そのまま永遠に眠り続けていればよかったのに』

見ての通り、この二枚は非常に仲が悪いのである。というよりバハムートが、ほとんど一方的にリントヴルムを敵視していると言った方がいいか。

「バハムート、今はそれどころじゃないんだ。力を貸せ」

俺は有無を言わさぬ口調で命じると、バハムートを左手で持ち、高々と掲げた。

『マスター、わたしの力が必要なの……？』

「ああ、そうだ。残念ながらリントヴルムだけじゃ頼りにならなくてな。この間は頑張ってくれたし、できればもう少し休んでいてもらいたかったんだが……やはり俺にはお前の力が無くてはならないみたいだ」

『っ！　う、うふふふふふっ！　そうよねっ!?　やっぱりマスターには、わたしが一番なんだよね

っ!?』

チョロい。

『……』

いや、リントヴルム、なぜお前まで少し殺気立ってるんだ？　あくまでバハムートを手懐《てなず》けるために言っただけで、本心なわけないだろう？

ともあれ、これで二本の杖を同時に扱えるようになったぞ。

「――球体状強制吸引力魔法」

バハムートの補助を受けながら、新たな魔法を発動する。

俺の頭上に出現したのは漆黒のボールだ。

「ッ!?　身体ガッ……引キ摺リ込マレルッ!?」

一番近くにいたエウデモスの身体の一部が、猛スピードでそのボールに激突した。

「何ダ、コレハッ!?　ハ、離レナイッ!?」

それだけではない。この塔内を徘徊していた人形たちが次々と飛来し、黒球へと吸い寄せられていく。

名前の通り、この魔法は特定の物体を強制的に引き寄せ、集合させるというもの。

「随分とたくさんいたんだな」

気づけば黒球を中心に、直径十メートルにもなる巨大な塊となっていた。かなり圧縮されているにもかかわらず、この大きさである。

「さて、これで全部かな？　じゃあ、今度こそ」

続いて俺は右手でリントヴルムを掲げた。

先ほどと同様に、こちらは六属性の魔法を融合させていく。

「っ……さすがにこのレベルの魔法の同時発動は、身体への負担が大きいな」

俺は思わず顔を顰めた。

球体状強制吸引力魔法だって、決して簡単な魔法ではない。六属性融合式完全抹消魔法と併用するのは、この小さな赤子の身体にはまだ無茶な要求だったみたいだ。

『大丈夫ですか、マスター？』

『マスター、大丈夫!?』

『……ああ、心配は要らない』

それでも辛うじて耐え切って、どうにか発動準備が整う。

自らの消滅の危機を察したのか、エウデモスがひと際《きわ》激しく慌て出し、懇願してくる。

「ヤ、ヤメロッ!?　ヤメテクレェッ!?　ボクハ、マダ消エタクナイィィィッ！」

いや、お前はもう十分すぎるほど生きただろ。

「じゃあな」

無色透明の光が、俺の頭上で喚《わめ》き散らす塊へと放たれた。

「嫌ダャアアアアアアアア――――」

エウデモスの断末魔の叫びは途中でプツリと切れ、一瞬で静けさが戻ってくる。

人形は跡形もなく消え去っていた。


「あ、戻って来たわ！　なんか急にあの人形たちが猛スピードで飛んでいったから、びっくりしたんだけど!?　あんた何かしたでしょ！　って、なんかすごく落ち込んでない……？」

最上階の調査を終えた俺は、ファナたちのところへ戻ってきた。

「お宝が……お宝が……うぅぅ……」

嘆き悲しんでいるのは外でもない。

俺の秘蔵のR18コレクションが、一つも残っていなかったのである。

ショックのあまり、しばらく最上階で放心してしまっていたほどだ。

『エッチなコレクションが全部なくなっているなんて！　ちゃんと隠しておいたのに、一体どこのどいつが持っていきやがったんだ！』

『憤慨するのはそっちですか？　それよりも当時の研究資料や魔導具などがすべて失われている方が、よほど重大では？』

リントヴルムが指摘してくるが、今の俺の耳には届かない。

ちなみにバハムートはまた亜空間に放り込んである。リントヴルムがいるだけでもあの嫉妬と殺気だ。ファナたちのいるところで取り出そうものなら、大変なことになってしまうだろう。

「師匠、お宝、見つからなかった？」

「ざ、残念だったわね……確かにここまで来るのにかなり苦労したし、これほどの塔なんだから、お宝の一つや二つ、あってもいいはずだけど……」

「我が主よ、元気を出すのだ」

「……お姉ちゃんたち、ありがとう」

この時代の弟子たちが俺を慰めてくれる。リルは弟子じゃないけど。

『マスターと彼女たちの間で、認識されているお宝の意味がまるで違うかと思いますが、ご説明した方がよろしいのでは？』

おいおい、そんな野暮なこと言っちゃダメだろう？

「お姉ちゃんたちのお陰で元気が出てきたよ！　それによく考えてみたら、今の僕にはもっと素敵なお宝があるしね！」

「……何のことよ？」

「それはもちろん、お姉ちゃんたちだよ！」

俺は三人の胸へと順番に飛び込んでいく。

『ぐへへへへ……そうだ、今の俺には生身の女の子を堪能できるという、素晴らしい特権があるじゃないか！　それに比べたら、当時のコレクションなんて大したものじゃない！』

『このド変態ジジイ』

『いいや、今の俺はジジイじゃない！　当時は性欲つよつよジジイだったから、仕方なくコレクションで発散するしかなかったが、もうそれに頼る必要はないんだ！　なにせ赤ちゃんだからな！　やっぱり転生してよかった〜〜〜〜っ！』

『……』

『あ、ちょっ、リンリン!?　杖の先で頭ぐりぐりするのやめてっ!?』

ただ生憎と、なくなっていたのは秘蔵のR18コレクションたちだけではなかった。

先ほどリントヴルムも言っていたが、ありとあらゆるものが綺麗さっぱりなくなっていたのである。

『エウデモスのせいか？』

『いえ、あの男ならば、当時のものをそのまま塔内に残しておいたはずです』

『まぁそうだろうな』

エウデモスは一度この塔を追放され、その後、自身の身体をスライム化させることに成功してから戻ってきたと考えられる。

恐らくそのときにはすでに、大賢者の塔という組織は解体され、研究資料やアイテムなども消失してしまっていたのだろう。

『だから人形を使って、当時の光景を再現したと考えるのが自然だ』

『そうですね。そもそも大賢者の塔が健在であれば、エウデモスなど撃退していたでしょう』

一体どういう形で組織がなくなったのか、何も残されていないため分からない。

エウデモスを完全に消し飛ばしてしまったが、一部だけ残しておいて、詳しいことを聞き出せばよかったな……。

まぁ塔から追放されていた人間だし、どのみちあまり期待はできなかっただろうが。

『それはともかく、色んなものがなくなってるのは確かに重大かもしれないな』

『だから先ほどからそう言っているでしょう』

特に禁忌指定の研究資料や魔導具は、厳重に管理された専用書庫に保管してあった。しかしそれらもすべて失われていたのだ。

『下手をすれば、どこかで悪用されている可能性もある。そういえばあの黒い魔石も、実物は処分したが、研究資料があったはず……。もっとも、数ある禁忌指定物の中では随分とマシな方だが』

逆に言えば、あれよりさらに危険度の高い禁忌指定物が、今もどこかに無管理状態で存在しているかも……。

『……うん、まぁでも、まだ世界は滅びてないし、たぶん大丈夫だよね』

『さすがに楽観的すぎでは？』

第八章　ブレイゼル家

大賢者の塔からベガルティアに戻ってきた俺たちは、その足ですぐに冒険者ギルドへとやってきた。

今回の旅は依頼とは無関係だったたし、結局塔内に何も残っていなかったので、完全な無駄骨になってしまったからな。またお金を稼がなければ。大食いのリルもいるし。

しかしそこで受付嬢から予期せぬことを切り出された。

「レウス様。実はお客様……らしき方がいらっしゃっています」

「え？　僕に？　誰？」

「ブレイゼル家の者だとおっしゃっています」

「げ」

ブレイゼル家といえば俺の生まれた家である。嫌な予感しかしない。

「んー、僕、そんな家のことなんて知らないけど？」

とりあえず知らないフリをしてみた。

「そうですか……。人違いかもしれません。ただ、生後数か月くらいの赤子で、レウスという方となると、他には……」

いるわけないよねー。

詳しく聞いてみると、俺たちがこの街を不在にしている間、毎日のようにギルドにやってきては、応接室に居座り続けているという。相手は一応貴族なので、ギルドとしても無下《むげ》に扱うわけにはいかないのだろう。

「はぁ、仕方ないなぁ」

ギルドに迷惑をかけ続けることになると思い、俺はしぶしぶその客人とやらに会ってみることにした。

案内された応接室で待っていたのは、見知らぬおっさんだ。

「私はブレイゼル家に使えるバータという者。その赤子が……」

「あうあー？」

「……？　会話ができると聞いていたのだが……？」

ファナに抱えられながら赤子モードに入った俺に、首を傾げるおっさん。

「いやしかし、このお顔……メリエナ様にそっくりだ。間違いない。まさか本当に生きておられたとは……」

おっさんは感動したように目を潤ませる。

「すぐに連れ帰って差し上げなければ。きっとご当主様もメリエナ様も、泣いてお喜びになられることだろう」

勝手に決めないでほしい。こっちは帰る気なんてさらさらないのだ。

「ちょっと、なに言ってんのよ？　レウスはあたしたちの仲間なんだけど？」

「ん。師匠は帰る気ない」

俺の気持ちを汲《く》み取って、アンジェとファナが突っ撥《ぱ》ねた。

しかしおっさんは鼻を鳴らして、

「ふん、小娘どもが何を言う。レウス様は将来、ブレイゼル家の次期当主となられるお方。お前たちのようなどこの馬の骨とも分からぬ輩などが、一緒にいてよい身分ではない。さあ、早くレウス様をこちらに渡すのだ」

「あうあうあうあうあうあうあ～～～～っ！」

俺は思い切り嫌がってやった。

「ん、嫌だって」

「本人が拒否してるけど？」

「そんなこと、知ったものか！　連れて帰ると言ったら、連れて帰るのだ！」

激昂したように叫ぶおっさん。

当人の意思を無視しやがって、怒りたいのはこっちである。

「だいたい、レウスがそのブレイゼル家の子供っていう証拠があるのかしら？」

アンジェの指摘に、おっさんが声を荒らげる。

「証拠はそのお顔だ！　御母上のメリエナ様と瓜二つだろう！」

「そんなこと言われたって、見たことないんだから知らないわよ。というか、どう考えたって証拠として不十分でしょ？　偶然似てるだけかもしれないし」

アンジェが呆れたように息を吐く。

「黙れ。小娘の意見など、どうでもいい。間違っていたら、そのときはそのときだ。とにかくレウス様をこちらに渡すがいい」

「ん、断る」

「はっ、そんな選択肢など貴様らにはない！」

「あうあうあう～～っ！」

と、そのときだ。リルがおっさんに詰め寄った。

「先ほどから黙って聞いていれば……なぜ貴様ごときに、我が主のことを決める権利がある？」

「～～～～～っ!?」

リルの殺気を受けて、おっさんがガクガクと震え出した。

彼女の正体は神話級の魔物のフェンリルである。その膨大な魔力を感じ取って、魔境の魔物が逃げ出したほどだ。たとえ人化していたとしても、殺気をぶつけられたら並の人間では一溜りもないだろう。

「な、な、な、何だ、お前はっ……」

後ずさりしながら、上ずった声で問うおっさん。

追い打ちをかけるように、リルは低い声で忠告する。

「とっとと去れ。さもなければ、貴様の命はないぞ？」

「ひっ……」

じわり、とおっさんの下腹部に染みが広がっていく。どうやら失禁してしまったらしい。おっさんの失禁とか誰得……。

「き、き、貴様らっ、か、必ず、後悔することになるぞっ！」

おっさんは最後にそんな捨て台詞を残し、踵を返して逃げるように応接室を出ていったのだった。

「あうあー」

「って、何であんたはさっきからまた赤子になってんのよ？　あたしたちに任せてないで、自分ではっきり、付いていく気なんてないって言えばいいでしょうが」

「あう？」

「殴っていいかしら？」

アンジェに怒られたので、俺は普通に喋り出す。

「でもあの様子だとまた来そうだね。諦めてくれたらいいのに」

「前のクリスっていう女も言ってたけど、相当似てるみたいよ。本当に母親なんじゃないかしら？」

「さあね。僕には分からないや。でも、今の僕は冒険者のレウスだし、育ててくれたかーちゃんがいるし、ブレイゼル家のことなんてどうでもいいよ」

しかしこんなことなら、捨てられた時点でこのレウスっていう名前も捨てて、改名するべきだったな。

前世の名前であるアリストテレウスと偶然にも近かったので、そのまま活用してしまったのが完全に失敗だった。

それから数日は何事もなく過ぎていったが、ある日、俺はギルド長室に呼び出された。

全員で部屋に入ると、ギルド長が言った。

「悪いが、他の者たちは外してくれないか？」

「僕だけってこと？」

「そうだ。その方が色々と話しやすいだろう」

ファナとアンジェが言われた通り部屋を出ていく。

「……いや、その獣人の娘にも出ていってもらいたいのだが？」

「む？　我もか？」

俺を胸に抱いたままキョトンとするリル。

「というか、見たことない顔だが……何だろうか……途轍《とてつ》もない力を、その娘から感じるような……」

ギルド長はブルリと身体を震わせる。

しぶしぶリルも部屋を出ていったところで、ギルド長が切り出した。

「さて。正直なところ、お前さんのせいで色々と面倒なことになっているのだが」

「面倒なこと？」

「そうだ。あれから、ブレイゼル家より幾度となく抗議の、いや、ほとんど脅迫のような書簡が届いていてな。我がギルドが、まるで赤子を連れ去った誘拐犯だと言わんかのような口ぶりだ」

どうやらギルドに直接、俺を引き渡すようにとの連絡が来ているらしい。

「さらにそこには、お前さんが大賢者の生まれ変わりに違いないとも書かれてあった」

「え」

どういうこと？　何でブレイゼル家がそれを知ってるんだ？

その事実だけは、誰にも話したことがないはずなんだが……。

ギルド長が神妙な顔で言う。

「改まって問うが……一体お前さんは何者だ？　赤子ながらSランク冒険者をも凌駕するだろう強さ。しかも魔力回路の治療法をコレットに伝授したのも、鍛冶師のゼタにこれまでになかった鍛冶技法を教え込んだのもお前さんだろう？」

あれ、なんか色々バレてる？

「伝説の大賢者の生まれ変わりと言われても納得できてしまう。むしろ、そうでない方が不思議なくらいだ」

治療法と鍛冶はともかく、俺が前世で大賢者と呼ばれてたってことは、まだ誰にも話してないんだけどなぁ。

「書簡に書いてあったの？」

「そうだ」

「うーん」

つまりブレイゼル家がそれを認識してるってことか。

だとすると、何で俺を生まれた直後に捨てたんだ？

詳しくは分からないが、こうして今さら俺を連れ戻そうとしていることを考えると、捨てた後に何らかの方法で知ったとみるのが妥当だろう。

俺の最大のプライバシーが……どうやって知ったのかまったく見当もつかないし、正直めちゃくちゃ怖すぎる……。

「お前さんがあまり自分のことを話したがらないのは理解している。だが、ブレイゼル家に対応する上で、できれば知っておいた方がいいと思ってな。無論、俺は誰にも話すつもりはない。お前さんには色々と恩がある。何なら魔法契約を結んでも構わん」

「……」

『マスター。しばらく休眠中でしたので、この男のことをあまり詳しくは存じませんが、見たところ悪意があるようには思いません』

どうしようかと悩んでいると、リントヴルムが助言してくれた。

『そうだな、うん。相手は男だし、別に言っちゃってもいいか。男なら誰しも、赤ん坊に生まれ変わって、女性の胸を全身で味わいたいっていう願望を持ってるはずだからな。きっと理解してくれるはず』

『……マスター基準で世の男性を語るのは不適切かと』

呆れるリントヴルムを余所に、俺はギルド長の疑問に答えることにした。

「そうだよ。僕の前世は大賢者アリストテレウス。長年研究を続けていた転生の魔法に成功して、今はこうして赤ん坊の姿になってるんだ。だから生まれ変わりっていうより、本人そのものと言った方がいいかな？」

「っ……なんと……っ！」

驚愕するギルド長。そして急に座っていた椅子から降りると、地面に膝を突いて、頭を下げてきた。

「まさか、伝説の大賢者様であらせられたとは……」

「いや、今まで通りで良いよ。せっかく大賢者なんていう大層な立場から解放されて、こうして自由気ままな赤ん坊人生を送ってるんだからさ」

「な、なるほど……」

「前世じゃ、自由に街を散歩することもできなかったし、常にあちこちの王侯貴族や教会や団体から勧誘されたり、魔族に狙われたり、世界を救わされたりして、本当に大変だったからね。だから今度はできるだけ目立たずに生きていきたくて」

「(……その割にはすでに十分すぎるほど目立っていると思うが？)」

ギルド長がなぜか首を傾げている。

俺、何か変なことでも言ったかな？

「生まれたときからすでに意識があったんだけど、まだ喋れなかったこともあって、すぐに魔境の森の近くに捨てられちゃったんだ」

「少なくともその時点で、ブレイゼル家は大賢者の生まれ変わりであることを知らなかったということか……。しかし赤子を捨てるとは……」

「魔法適性値が低いと勘違いされちゃったんだ。メモリの読み方を間違えてね」

「ブレイゼル家らしいといえばそうかもしれんが、酷い話だ」

ちなみに魔法適性値、どうやら後天的に変化しないと思われているみたいだが、実際にはそんなことはない。

魔力回路の治療を受けたりすれば、適性値が大きく跳ね上がるからだ。

この世界では、魔力回路の治療そのものがまったく行われていないらしく、そのせいで生まれてからその数値が上がることはないと勘違いされているようだった。

「それにしても魔境の森で良く生き延びることができたな？」

「肉体的にも魔力的にも本当の赤ん坊レベルだったたし、さすがに危なかったけど、前世で使ってた杖がすぐに駆けつけてくれたのと、運よく乳を飲ませてくれる魔物に出会えたから、何とかなったんだ。そこで二か月くらい過ごして、喋ったり戦ったりできるようになって、それで森を出ることにしたんだ」

「なるほど、それからボランテでの活躍に繋がるわけか……（てっきり前世の力を引き継いだままま転生したのかと思ったら、どうやらそうではないらしい。たった二か月で、ゼロから冒険者になれるレベルにまで至るとか……化け物か？）」

頬を引き攣らせているギルド長に、俺は改めて念を押す。

「誰にも言わないでね？」

「もちろんだ。誰にも言わん」

「ファナやアンジェにも秘密にしてるから」

「なぜだ？　仲間には伝えても、特に問題ない話のように思えるが……」

なぜって、そりゃあ俺が前世の記憶や人格そのままに転生したと知られたら、赤子としての楽しいスキンシップができなくなるからに決まってるだろう。

もしかしてこの男、その願望が理解できないタイプなのか？

『世の中の男性は、決してマスターのような変態だけではありません』

そんな馬鹿な……。

と、そのとき部屋の扉を強く叩く音が響いた。

「た、大変です、ギルド長！」

随分と慌てた声に、ギルド長が訝しげに眉を顰《ひそ》める。

「どうした？　今は重要な話をしている最中だぞ？」

「それがっ……ブレイゼル家の当主夫妻が、この街に自らやってきたとの情報がっ！」

「何だと？」

面倒なことになったみたいだ。


ブレイゼル家の当主夫妻をはじめ、三十人を超す大規模な集団が、冒険者ギルドのエントランスロビーへと入ってくる。

それを出迎えたのは、この都市のトップであるギルド長アークが率いる、冒険者ギルドの屈強な一団だ。

厳しい表情をしたギルド長が、先制攻撃とばかりに強い口調で告げた。

「ブレイゼル家当主ガリア殿、そしてメリエナ殿、ようこそ冒険者の街ベガルティアへ。貴殿らの訪問を心から歓迎する。……と、言いたいところだが、正直言って、唐突に来られて非常に迷惑している。せめて事前に連絡の一つくらい寄越すべきではないか？」

一方、苛立った様子で応じるのは、ブレイゼル家当主ガリアだ。

「そのことについては詫びよう。だがそれはそちらの対応にも非があるとは思わぬだろうか？　こちらが幾度となく我が子の引き渡しを求めてきたにもかかわらず、まったく取り合おうともしなかったのだからな。生き別れた我が子の居場所をようやく突き止め、一刻も早く会いたいと思う親の気持ちが、貴公には理解できぬようだ。……もっとも、致し方ないところもあるだろう。聞けば、貴公には子がおらぬそうだからな」

一触即発といった雰囲気で両陣営が睨み合う。

そのときガリアの傍にいた美女が、何かに気づいて声を上げた。

「レウス！　あなた、レウスですわ！」

「なに？」

二人が視線を向けたその先にいたのは、ギルド長の後方で、リルに抱えられた俺である。

「ああ、間違いありませんわ！　だって、あたくしにそっくりですもの！」

そう涙目で主張するその美女は、俺を産んだ母親、メリエナだった。

「おおっ、確かに間違いない！　レウス！」

ガリアとメリエナがこちらに駆け寄ってこようとする。

だがそんな二人の前に立ちはだかる者がいた。

「……何のつもりだ、アーク殿？」

「それはこちらの台詞だろう、ガリア殿」

ギルド長である。

殺気を放ちながら睨みつけてくるガリアたちに臆《おく》することなく、彼は断じた。

「レウス殿は冒険者だ。それも、我がギルドが誇るAランクのな。もし仮に貴殿らが彼の親であったとしても、すでに冒険者として自立している彼をどうこうする権利などないだろう」

「何だと？　レウスはまだ生まれたばかりの子供だぞ？　……いや、なるほど、分かったぞ。あの信じられない噂の数々は、貴様が流したのだな？　そうやって、レウスをAランク冒険者に仕立て上げることで、ギルドに取り込もうという魂胆か」

「……何の話だ？」

ガリアは何かを勘違いしているらしく、

「道理でおかしいと思ったのだ。生後まだ半年にも満たない子供に、冒険者などできるわけがない。大方、この子の秘密を知って、既成事実を作ろうとしたのだろう」

「あなた！　そもそもこの子が突然いなくなったのも、冒険者ギルドの仕業ではありませんのっ？いいえ、きっとそうに違いありませんわ！」

「っ……そうか！　そう考えれば、すべてに納得がいく！　生まれたばかりの赤子を攫うとは……っ！　なんという、悪魔の所業だ！　恥を知るがよい……っ！」

いやいや、魔法適性値が低いからって、魔境の森の近くに捨てたのは自分たちだろう。

自分たちが捨てたくせに、冒険者ギルドの仕業にするんじゃない。

ギルド長が反論する。

「何を言っている？　我々がそんなことをするはずがない」

「しらばくれるな！　愛する我が子との間を引き裂いた貴様らのこと、我々は絶対に許しはせんぞ！」

「あれからひと時も、レウスのことを忘れた日なんてありませんでしたわ！」

しかし声を荒らげて激昂するガリアとメリエナ。

それに呼応するように、彼の家臣たちも怒りの形相で冒険者たちを睨みつけてくる。

『マスター、あの夫婦、そろってなかなかのタヌキですね。涙を見せていますが、本心ではなさそうです』

『どうやらとんだ両親の元に生まれてしまったみたいだな』

あんな連中のところに帰るなど、死んでもご免だ。

俺はそこで初めて口を開いた。

「さっきから聞いてたら、好き勝手なこと言っちゃってさ。そもそも僕自身に帰る気なんて、さらさらないんだけど？」

「「～～～～っ!?　れ、れ、れ、レウスが喋ったあああああっ!?」」

ガリアとメリエナがそろって仰天する。

「ほ、本当に喋ることができるのか……っ!?　しかもこれほど流暢《りゅうちょう》に……」

「そんなことはどうでもいいよ。それよりちゃんと聞こえた？　僕は帰らないって」

「なっ……何を言っている！　私たちはお前の両親なのだぞ!?」

「そうですわ！　間違いなくこのあたくしが、お腹を痛めてあなたを産んであげた母親ですのよ、レウス！　さあ、今すぐ一緒におうちに帰りましょう！」

どうやら二人は、俺が生まれた直後から、すでに意識を有していたとは思っていないらしい。

あの魔法適性値の測定の後、ガリアが俺を捨てると告げ、それをメリエナがあっさり承諾したのを、今でもはっきり覚えている。

こんな出来損ない、あたくしの子供ではありませんわ、とか言ってたっけ。

「いや、帰らないってば。ていうか、冒険者ギルドが攫ったとか言ってるけど、二人が僕を捨てたんでしょ。薄《う》っすらと、なんとなーくだけど、記憶があるんだよ。魔境の森の近くに捨てられたときの記憶がさ」

「「～～～～っ!?」」

思い切り頬が引き攣る二人。

秘密裏に処理されたため、大半が知らされていなかったのだろう、これには彼らの家臣たちも戸惑い始める。

「そ、そんなはずはない！　私たちがお前を捨てるなんて……あるはずがないだろう！」

「そうですわ！　それは記憶違いですの！　きっと攫われたときの恐怖で、記憶が変わってしまったのですわ！」

慌ててしてきた反論は、なんとも苦しいものだった。

「いいや、もしくは冒険者ギルドによって、洗脳されてしまったのかもしれない！　くっ……なんという非道な真似をっ！」

「やはりこいつらは悪魔ですわ！　あたくしたちの可愛い息子に、こんなことを言わせるなんて……っ！」

何が何でも冒険者ギルドを悪者に仕立て上げ、自分たちの非は認めたくないらしい。

「これ以上の会話は無意味だ！　こうなったら強硬手段に出るしかない！　それもこれも、奴らが悪いのだ！」

そして冒険者ギルドのせいにしながら、実力行使に出ようとしてくる。

両陣営が、今まさにエントランスロビーで激突する、といったときだった。

ギルド長が、ブレイゼル家にある提案を出した。

「まあ待て。いきなり他人の領地に乗り込んで、戦いをおっぱじめたとなっては、ブレイゼル家の外聞にもかかわる話だろう。さすがにそれは避けたいはずだ。せめて正式な決闘という形にするのはどうだ？　無論そちらが勝利すれば、大人しくレウスを渡そう」

「……何だと？」

「両陣営から五人ずつを選出し、一対一で戦う。勝ち抜き形式で、最終的に相手を全滅させた方が勝利という、ごくシンプルな形だ。場所はこのギルドの訓練場を利用する。……正直なところ、こちらとしてもこんな場所で暴れられては困るし、そちらにとっても悪くない案だと思うのだが？」

そう言いながら周囲へちらりと目線をやるギルド長。

いつの間にか、大勢の冒険者たちが集まってきていて、三十人ちょっとのブレイゼル家を取り囲むような形になっていた。

「……いいだろう。その提案に乗ってやろうではないか」

このままぶつかっては分が悪いと理解したのか、ガリアは頷くのだった。

そうして一同は、エントランスロビーから冒険者ギルド内に設けられた訓練場へと移動する。

「ギルド長のおじちゃん、なんか悪いね。僕のせいで面倒なことになっちゃって」

「気にするな。今までお前さんには随分と助けてもらっているんだ。この程度のことなど、どうということもない」

そんなカッコいいことを言ってから、ギルド長が冒険者たちに呼びかけた。

「さて、こちらの出場者だが……我こそは、という者はいるか？」

「ん、戦う」

「あたしも参戦するわ！」

真っ先に手を上げたのはファナとアンジェだ。

「無論、我も」

「リルはやめておいた方がいいかな」

「む？　我はダメなのか？」

「だって殺しちゃうでしょ？」

手加減が不可能なリルは除外して、残り三人の参加者を募ることに。

「ならば俺にもひと枠、任せてもらおうか。レウスには色々と世話になっているからな」

「レウスくん、あたしも手伝うよー」

すぐにゲインとエミリーが立候補してくれる。

「Aランク冒険者が四人か……」

「俺たちの出番はなさそうだな……」

「だが今ここに、Aランク冒険者はこれ以上いないし、もうひと枠はBランク冒険者から出すしかないのでは？」

他の冒険者たちが気後れする中、ギルド長が自ら志願した。

「生憎と最後の一人は決まっている。俺だ」

「『ギルド長自ら!?』」

「あの治療を受けてから非常に調子がよくてな。せっかくだから、今の力を確かめるために強い相手と戦ってみたいと思っていたところだったのだ。それにこの新しい槍もぜひ使ってみたかった。

噂に名高いブレイゼル家の魔法使いたちとなれば、相手にとって不足はない」

やる気満々のギルド長が手にしている槍は、恐らくゼタが打ったものだろう。

「Aランクが四人に、ギルド長……」

「これ以上ない布陣だな……」

「しかし相手はブレイゼル家……そう簡単にはいかないはず……」

ちょうど向こうも参加者が決まったらしい。

「一人目、任せて」

先鋒を志願したのはファナだ。

「全員、倒しても問題ない？」

「ちょっと、何人かは残しなさいよ！」

威勢のいい言葉と共に前に出ていく彼女に、アンジェが大きな声で訴える。

そこへ相手の先鋒も前に出てきた。二十代半ばほどの男で、不愉快そうに舌打ちする。

「ちっ、舐《な》められたもんだな。相手がお前のような小娘とは。てっきりAランク以上の実力者を出してくるとばかり思っていたのだがな」

「ん、私はAランク」

「お前が？　はっ、だとしたら、冒険者ギルドも随分と落ちたものだな」

「その台詞、言えるのは今だけ」

「ふん、そいつをそっくりそのまま、お返ししてやるよ」

第九章　魔剣

「ば、馬鹿な……あんな小娘に……ブレイゼル家が誇る精鋭の魔法使いたちが……」

ブレイゼル家の当主、ガリアは愕然としていた。

ベガルティアの冒険者ギルドに併設された訓練場。

そこで行われているのは、冒険者たちとブレイゼル家による、彼の息子レウスを賭けた戦いだった。

両陣営から、代表する五名が選出されての勝ち抜き戦だ。

幾ら精鋭を多く連れてきたとはいえ、ここは敵の拠点である。もし大勢の冒険者を相手に乱戦となっていたら、分が悪いのはこちらだった。

向こうからこの形式の戦いを提案されたときは、相手の愚かさに思わずほくそ笑んだほどだ。

魔法の名門であるブレイゼル家が、個々の戦闘力において冒険者になど負けるはずがないと、彼は確信していた。

だが現実は真逆だった。

たった一人の小娘に、こちらの魔法使いが三人、あっさりと連敗を喫したのである。

「ん。大したことない」

顔色一つ変えずにそう断じるのは、長い銀髪の少女だ。

まだせいぜい十代の後半といったくらいの彼女を相手に、ブレイゼル家の精鋭たちが手も足も出なかったなど、あってはならない事態である。

「そ、そんなはずがないっ……我が家の精鋭たちが負けるなどっ……ふ、不正だ！　何か、不正を働いているに違いない！」

考えられるのは、向こうが何かしらのズルを行っていることだ。

声を張り上げて主張するガリアに、妻のメリエナも同調する。

「そうに違いありませんわ！　こちらに有利な形式を提示した時点で、怪しいと思っていましたの！　きっと端から、こちらを罠にかけるつもりだったんですわ！」

すると銀髪の少女が不快げに言う。

「違う。不正じゃない。そっちが弱いだけ。不正だというなら、調べればいい」

「……いいだろう。ならば、いったん中断し、調査させてもらう」

◇　◇　◇

ファナに三連敗を喫したことで、何か不正を行っているに違いないと、向こうがいちゃもんを付けてきた。

そしていったん決闘は中断となって、ブレイゼル家による検分が行われる。

しかしこちらは何もしていないのだから、どんなに調べたところで、何かが見つかるわけもなく。

「が、ガリア様、調べてみましたが、何も怪しいところは発見できませんでしたっ……」

「何だと？　そんなはずはない！　何かあるはずだ！　でなければ、うちの精鋭たちがあんな小娘相手に手も足も出なかったとでもいうのか!?」

「それは……」

ガリアに怒鳴りつけられ、家臣が顔色を青くする。当人は何も悪くないというのに、可哀想な話だな。

「ひ、一つ、気になったことがあるとすれば……あの娘の使っている剣です……っ！　恐らくミスリル製の剣だと思われますが、今まで見たことのない製法で作られているようなのと、幾つもの強力な魔法付与が施されているようでした……っ！」

「なにっ？　それを早く言え！　あの娘の異様な強さ、その剣の力に違いない！」

「で、ですが、武器については、事前にどのようなものを使っても構わない、と取り決めてしまいましたので……」

「くっ……確かに……。奴らめ、そんなところに罠を仕掛けていたのか……っ！　なんと卑怯な

「……っ！」

忌々しげに顔を歪めるガリア。それに反論したのはギルド長だ。

「何を言っている？　そちらだって、どんな武器でも使えるんだ。条件は同じだろう？　それに、むしろその取り決めの際に、もっとも乗り気だったのは貴殿ではなかったか？」

「だ、黙れ！　……そうやって、余裕ぶっていられるのも今の内だぞ！　まだこちらには私と妻が残っているのだからな！」

そうしてようやく決闘の続きが再開されることになった。

「あたくしに任せるのですわ。あんな小娘、捻り潰してやりますの」

「ん、負けない」

メリエナが前に出てきて、連勝中のファナがそれに応じようとする。

しかしそんな彼女をギルド長が呼び止めた。

「待て、ファナ」

「？」

「選手交替だ」

「……まだ戦える」

「見たら分かる。むしろこのままだと、お前さんが全員倒して終わってしまいそうだ。もう三人もやったんだから満足だろう？　俺にも少しは戦わせてくれ」

「勝てる？」

「おいおい、俺を誰だと思っているんだ？」

どうやらファナに代わってギルド長が戦うらしい。

「このままだと俺たちの出番はないかもな」

「ねー」

ゲインとエミリーが苦笑する中、ギルド長とメリエナが訓練場の中心で向かい合う。

「元Sランク冒険者〝神槍〟のアーク……噂を耳にしたことくらいはありますわ」

「そうか。お前さんもそれなりに有名だな。〝絶氷〟のメリエナ。そこそこ楽しめそうだ」

「……あなたの方は現役を離れて、もう長いのではありませんこと？　耄碌《もうろく》の始まりかけたお爺さんが、どれだけ戦えるでしょうねぇ？」

「逆にこんなジジイに負けでもしたら、ますますブレイゼル家の名に傷がつくことになるだろうな？」

見下すように嗤《わら》うメリエナに、ギルド長が平然と言い返す。

「っ……」

メリエナの眉間に皺が寄り、口端が大きく歪む。せっかくの美人が台無しである。

『それにしても性格の悪い女ですね』

『ああ。むしろ捨てられてよかった気がする』

そして戦いが開始するなり、最初にメリエナが動いた。

初手から大魔法をぶっ放したのである。

「凍り付いてしまいなさい！　パーマフロスト……っ！」

一瞬にして凄まじい猛吹雪が発生し、ギルド長に襲いかかった。

『今のズルいですね。あらかじめ魔法を練って、開始と同時に放てるように準備していたようです。まぁ、それを悟られないよう、魔力を隠蔽《いんぺい》していた技術はなかなかのものですが』

純粋な魔法使いっぽいから、そうしないと勝てないと思ったんだろう。

相手には不正だとか言っておきながら、反則すれすれというか、ほとんど反則技を平然と使ってくるなんて、もはや性格の悪いどころではない気がする。

「あははははっ！　元Sランク冒険者のギルド長が負けたとなると、ギルドの名に傷がつきますわねぇっ！」

勝利を確信して、哄笑《こうしょう》を響かせるメリエナ。

「さあて、どんな表情で凍り付いているのか楽しみですわ」

「耄碌したジジイなら、今ので片付くと思ったか？」

「なっ!?」

猛吹雪が収まり、相手の様子を確認しようとしたメリエナだったが、背後からの声によってその愉悦の顔が一瞬で引き攣ってしまう。

ギルド長に背後を取られてしまったのだ。

「なっ……なぜ……っ⁉　まさか、あれを躱したとでもいいますのっ⁉」

「俺の読み通りだったからな。どうせ、ああしてくるだろうと思って、あらかじめ逃げる準備をしていたのだ」

「くっ！　アイスシールド……っ！」

ギルド長が槍の突きを繰り出すが、メリエナがすんでのところで氷の盾《たて》を生み出し、それを防ぐ。

「ほう、さすが〝絶氷〟と言われるだけのことはある。この速度でも魔法を発動できるとはな。

……だが」

一撃で盾に大きな亀裂が走り、間髪容れずに放たれた二撃目で、あっさりと盾が破壊されてしまった。

「あ、アイスシールドっ！」

「無駄だ」

「アイスシールドっ……アイスシールドっ……アイスシールド……っ！　アイスシールドぉぉぉ……っ！」

次々と放たれる突きを、メリエナが氷の盾を何度も生み出して必死に防ごうとする。

最初こそ拮抗していたが、徐々に盾の生成が間に合わなくなってきて、

「はあああっ！」

「～～～っ!?」

最後は氷の盾を貫いた穂先が、メリエナの頬を掠めていった。戦意を失ったのか、彼女はへなへなとその場に腰を折って座り込んでしまう。

「勝負ありだな。……しかし、こんなものか。正直もう少しくらいやれると思っていたが」

「ぐっ……こ、こんなはずはっ……」

忌々しげに睨み上げる彼女を余所に、ギルド長は最後の一人であるガリアに呼びかけた。

「後は親玉のお前さんだけだな。名門ブレイゼル家の力とやらを、今度こそ見せてもらおうか」

「貴様っ……」

挑発され、ガリアの顔が怒りで真っ赤になる。

「メリエナ、お前は下がっていろ！」

「……は、はい」

妻を思い切り怒鳴りつけ、いよいよガリアが訓練場の中央へと出てきた。

「この私は他の者たちのようにはいかんぞ……っ！　五人まとめて粉砕してくれるわ！」

そう力強く宣言して、背負っていた巨大な剣を抜く。

どうやら魔法のみならず、剣も扱えるらしい。

「……〝爆魔剣〟のガリア。やはり今までの連中と違って、接近戦も気を付けなければならない相手のようだな」

警戒するようにギルド長が槍を構えた、そのときだ。

何を思ったか、突然、ガリアが腰に下げていた方の剣を抜いて、ギルド長目がけて思い切り投擲《とうてき》したのだった。

「なにっ?」

◇　◇　◇

「この私は他の者たちのようにはいかんぞ……っ!　五人まとめて粉砕してくれるわ!」

そう声を荒らげながらも、ガリアは大いに追い詰められていた。

目の前の男――この冒険者ギルドのギルド長を務める男は、相当な実力者だった。本当に現役を引退しているのかと思うほどの強さで、メリエナが後《おく》れを取るのも無理はない。

恐らくまともにやり合ったとして、勝てる確率は五分以下だろう。

加えてまだ他に三人も残っているのだ。

しかも先鋒の小娘の強さを考えるに、誰一人として簡単な相手ではないはずだった。

(こうなったら、奥の手を使うしかない……っ!　これだけは使いたくなかったのだが……)

そう内心で覚悟を決めながら、腰に下げた剣の柄に手を添える。

その瞬間、頭の中に声が響いた。

『ククク、どうやらオレ様の力が必要みてぇだなぁ、ニンゲン？』

（……ああ、不本意ながらな）

『ケケケ、オレ様が言うのもなんだが、どうなっても知らねぇぜぇ？』

（構わん。覚悟の上だ。奴らを倒せるならな）

『ヒヒヒヒ、その心意気、嫌いじゃないぜぇ。それじゃあ、オレ様を抜くといい』

ガリアは躊躇うことなく、一気にその剣を鞘《さや》から引き抜いた。

刀身から禍々しい魔力が膨れ上がる中、目の前の相手を狙って思い切り投げつける。

剣はあっさりと躱され、床に突き刺さってしまうが、今のは別に攻撃のための行動ではない。

「な、何だ、この不気味な剣は……？」

剣から発せられる異様な気配を感じ取ったか、ギルド長の男が顔を顰める。

「これは使いたくなかったが、致し方がない。すべて貴様らが悪いのだぞ」

「……どういうことだ？」

「こいつは我がブレイゼル家が所有している中でも、特に危険な魔剣だ。ひとたび封印効果のある鞘から引き抜けば、人の魂を喰らうまで満足することはない」

ガリアの数代前の当主。稀代の魔剣収集家として知られた彼が、世界中から集めた魔剣や妖剣は、今でも一族が秘密裏に保有している。

その中でも、もっとも危険な一品とされたものが、これだ。

「ギイイイイイイイイイイイイイイッ!!」

耳障《みみざわ》りな金切り音を響かせたのは、魔剣の刀身に現れた口と牙。

さらにぎょろりとした眼球が出現し、まるで刀身に人の顔が埋め込まれたかのような不気味な姿と化す。

変化はそれだけではなかった。

柄の部分から、細長い手足のようなものが生え、それで地面の上に自立する。

細身のトカゲのような姿に変身した魔剣が、その悍《おぞ》ましい眼球でこの場に集う人間たちを値踏みするように見た。

「ヒヒヒヒッ、久しぶりの顕現だぜェッ!　それにしても、美味そうなニンゲンがたくさんいるなァ……じゅるり……」

舌なめずりする魔剣に、ガリアは忠告する。

「向こうの連中であれば、二、三人くらい喰らっても問題はない。ただし、あの赤子だけは絶対にダメだ」

「ヒヒッ、仕方ねぇなァ。あの赤子が一番美味そうなのによォ」

「っ、貴様……」

「ケケケ、冗談だって、冗談」

ガリアと会話するその魔剣に、冒険者たちが狼狽えている。

そんな中、相対するギルド長の男だけが、その正体に思い至ったらしい。

「剣が喋っているだと……？　そいつは一体、何なんだ……？　いや、この嫌な感覚……どこかで味わったことが……ま、まさか、悪魔……？」

「ご名答だ。この剣には悪魔が宿っている」

悪魔。それは本来この世界とは異なる世界に棲息しているとされる知的生命体で、その詳しい生態などはよく分かっていない。

この世界に出現するためには、何かしら憑代《よりしろ》となる身体が必要だと言われているが、この剣はまさに悪魔の精神を宿した代物だった。

一応は隷属魔法で縛り、管理下に置いているはずなのだが、時折、ガリアの制御を外れた動きをすることがあるなど、完全にコントロールできているとは言い難い。

過去の当主の中には、この魔剣の力を使い過ぎたせいで、逆に精神を悪魔に乗っ取られてしまった者もいたほどだ。

まさしく諸刃《もろは》の剣であり、できればガリアとしてもこの剣の力に頼りたくなかったのだが、

「こうなったからには仕方があるまい」

「お、おいおい、その悪魔に戦わせるつもりか……？　さすがにルール違反だろう？」

「ルール違反？　悪魔が宿っていようと、剣は剣だ。武器については、どのようなものを使っても構わない。事前にそう取り決めたことを、先ほど改めて確認したばかりだろう？　さあ、やれ、ま

ずはあいつからだ」

「ヒヒヒッ、了解だぜェ……ヒャッハーーーッ!!」

　ほとんど予備動作なく、魔剣がギルド長の男に躍りかかった。

　男は咄嗟に槍で突進してきた剣の刀身を受け止めるが、次の瞬間、その刀身が伸びた。

「なっ……」

「いただくぜェッ！」

　牙が男の首を噛み千切らんとする。

　ブシュアアアッ、と盛大に鮮血が舞った。

「「「ギルド長!?」」」

「ケケケ、避けるんじゃねぇよ」

「ぐっ……く……」

　どうやら瞬間的に男が首を捻ったお陰で、致命傷だけは免れたらしい。

　それでも首の肉の一部を抉《えぐ》られ、あの出血量だ。すぐに治癒魔法を受けなければ死ぬだろう。

　冒険者たちが慌てて戦いを止めようとするが、魔剣がそれを受け入れるはずもなく。

「ヒャッハハハハハハッ!!　今度こそ、噛み殺してやるぜェェェッ！」

　間髪容れずに再び襲いかかる。

　そのとき、天井から魔剣目がけて猛スピードで落ちてくる小さな影があった。

「ギルド長のおじちゃん、選手交替ね。僕も冒険者だし、選手の一人になっても大丈夫でしょ？」

その小さな両手で振りかぶっているのは、巨大な剣で。

ズドオオオオオオオオオンッ!!

「ギャアアアアアアアアアアッ!?」

轟音と共に魔剣が粉砕された。

◇　◇　◇

ガリアが投げた剣が、トカゲみたいな姿へと変形した。

それは悪魔の憑代となった剣で、自らギルド長に襲いかかる。

『マスター、あれはかなり危険ですね。隷属魔法で縛ってはいるようですが、縛りが非常に甘いせいか、ほとんど破られかけている状態です。あと何度か使用しただけで、契約者が悪魔に操られてしまうことでしょう』

『……そうだね』

残念ながらギルド長の実力じゃ、あの魔剣と対するのは厳しそうだ。それに万一、悪魔が隷属状態を破ってしまってからでは、対処が大変になるだろう。

俺はリルの胸の上から飛び降りると、地面を蹴って跳躍。

その間に魔剣はギルド長に飛びかかり、首に噛みつく。血が飛び散り、周囲から悲鳴が上がった。

「「ギルド長!?」」

「ぐっ……く……」

どうにか致命傷は避けたみたいだけど、あの負傷では戦いの継続は難しい。

「ギルド長のおじちゃん、選手交替ね。僕も冒険者だし、選手の一人になっても大丈夫でしょ？」

「っ!?」

空中から割り込んでいって、剣モードにしたリントヴルムを思い切り魔剣へと振り下ろす。

直前に重力魔法で刀身の重さを数倍に引き上げたこともあって、隕石でも落ちたかのような凄まじい衝撃が魔剣に叩き込まれた。

ズドオオオオオオオオオオンッ!!

「ギャアアアアアアアアアアッ!?」

耳障りな悲鳴を轟かせながら、ぐしゃりと潰れて床にめり込む魔剣。

同時に大きなクレーターができあがった。

「……あ、相変わらず出鱈目《でたらめ》だな……」

「それより傷、治してあげるね」

治癒魔法をかけると、ギルド長の傷口が塞がっていく。

大量に出血したはずだが、失われた血液も復活させたので、顔色もあっという間に良くなっていった。

「ば、馬鹿な……今のは、何だ……？　わ、私は……夢でも、見ているのか……？」

ガリアが声を震わせ、呆然と立ち尽くしている。

最後の手段だった魔剣を、こんなに簡単に破壊されるとは思ってもいなかったのだろう。

「えーと、こっちの選手、僕に代わったよ。……どうする？　まだ戦う？　戦うなら、続けて僕が相手するけど？」

「れ、レウスっ……」

「ねぇ、どうするって訊いてるんだけど？」

リントヴルムの剣先を向け、威圧するように近づいていく。

「こ、この凄まじい闘気っ……ほ、本当に、赤子のものなのか……っ？」

ガリアは怯えるように後退った。

「わ、私は絶対に諦めんぞ……っ！　か、必ず……っ！　必ずお前を連れて帰るっ！　必ずだっ！」

そう捨て台詞のように言い置いて、踵を返すガリア。そしてそのままブレイゼル家の面々を引き連れ、逃げるように訓練場から出ていったのだった。

「やっと帰ってくれたね」

『最初から今のようにマスターが脅して、無理やり帰らせればよかったのでは？』

かわいい赤ちゃんはそんなことしないよー。

『マスターは決してかわいい赤子などではありません』

断言するリントヴルムに強く異議を唱えたいところだったが、ひとまずそれは我慢して、俺は床にめり込んで潰れた魔剣に近づいていく。

「死んだふりしてるけど、死んでないよね？」

「〜〜〜〜ッ!?」

よく見ると砕けた刀身の修復が始まっていた。このまま放っておくとそのうち復活してしまうだろう。

「危ないから隷属魔法で、俺の支配下に置いておくとするか」

「や、やめろっ……お前のような化け物に隷属されたら、二度と自由に暴れられなくなっちまう！」

「そのために隷属させるんだから当たり前でしょ」

「ギャアアアアアアアアッ！」

よし、完了っと。これなら刀身を復元させても問題ないな。

刀身復元魔法を使って剣を元通りにすると、とりあえず亜空間へと放り込んでおいた。

「……結局、我々がどうこうする必要などなかったのかもしれない」

「ですが、あれでもまるで諦めた様子ではありませんでしたから、また来るでしょうね」

「どんな手を使ってくるか分かんないし、面倒だよねー」

「そうだな。何よりギルドのせいにしているのが厄介だ」

と、そんな会話が聞こえてくる。

ううむ、俺自身に責任などないとはいえ、アホな両親たちのせいで、本当に迷惑をかけてしまっているよな。

「そうだ。リル」

「む？」

「リルは狼だから、鼻が利くよね？」

「我はただの狼ではないぞ、主よ。利くどころではない。並の狼などとは比べ物にはならぬ。何なら魔力の種類すらも嗅《か》ぎ分けられるほどだ」

「そっか。じゃあ、さっきの連中の臭い、覚えたよね？」

「無論」

後のことはリルに任せるとしよう。

◇　◇　◇

真夜中のことだった。

ベガルティアでも有数の高級宿の近くに、怪しげな人影が集まっていた。

「この宿に泊っているというのは本当だな？」

「ええ、間違いありません。パーティを組んでいるという冒険者と共に、この宿の一室を借りているようです」

「この時間だ。すっかり寝静まっているはず」

「はい。さらに睡眠魔法をかければ、朝まで起きることはないでしょう。……馬車はいつでも出発できるようにしてありますので」

彼らの正体は外でもない、ブレイゼル家の面々である。

その中でも隠密系の魔法を得意とする者たちが、建物に侵入していくのを見送りながら、メリエナが不満げに呟く。

「最初からこうすればよかったのですわ」

「そう言うな。まさか冒険者の奴らがあそこまで厄介だとは、思ってもみなかったのだ」

「……」

「何より、あのレウスの力。やはり前世が大賢者だというのは間違いない。是が非でも連れ帰らなければならん。もし我が一族に大賢者の生まれ変わりが現れたとなれば、もはや何も恐れるものなどない。これまで長年にわたって、あのような辺境の地の守護などという不相応な役目に押しやられてきたが、ついに我々の力を国中、いや、世界中に示すべきときが来たのだ……っ！」

そう高らかに夢を語るガリアのすぐ近くで、ドサドサッ、と何かが落ちてくるような音が響いた。

「む？　何の音だ？　っ……こ、これは……っ!?」

音がした方へと視線を転じた彼は、思わず息を呑んだ。

地面に人が転がっていたのだ。しかも目を凝らしてよく見てみれば、先ほど建物内へと侵入していった配下の魔法使いたちである。

「い、一体何が……」

「グルルル」

「～～～～っ!?」

頭上から響いた獣の唸り声。

恐る恐る見上げた彼が見たものは、信じがたいほど巨大な狼だった。

夜の闇の中にあって、なお光り輝く銀色の毛並み。

ともすれば見惚れてしまいそうになる美しさだったが、それ以上にその魔物が全身から放つ威圧感に気圧され、ガリアはその場に膝を折った。

「あ、あ、あ……」

もちろん彼だけではない。

彼の妻や配下の魔法使いたちも、例外なく言葉を失い、ただただその場に膝を突くことしかできなかった。

その巨大な狼の頭が、ゆっくりとガリアの近くまで降りてくる。

このまま食われて死んでしまうのか、そう絶望した彼だったが、次の瞬間、予想外の事態に見舞われた。

「……え？」

その狼が、口の端で彼の身体を持ち上げたのだ。ちょうど下半身だけが、挟まっているような状態である。

「ひぃっ!?」

反対側から妻の悲鳴が聞こえてきた。どうやら逆側で、同じように狼に咥えられてしまったらしい。

二人に為す術などなかった。抵抗したところで無駄だと本能で理解していたし、配下の者たちも動くことができない。

直後、全身に凄まじい負荷がかかった。

嚙み潰されたわけではない。狼が二人を口に挟んだまま地面を蹴ったのだ。

「～～～～～～～～っ!?」

あまりの加速度に、身が引き千切れそうになってしまう。

さらに狼が跳躍し、宙を舞った。街を取り囲んでいた城壁を飛び越えようというのだ。

「ひいいいいいいいいいいいいいいいっ!?」

二人の口から絶叫が轟くが、狼は城壁をあっさりと越え、何事もなかったかのように地面に着地。さらにそのまま猛スピードで走り続ける。

「「ぎゃあああああああああああっ!?」」

巨大狼の疾走は夜通し続いたのだった。


翌朝。もうすっかり叫び疲れて、ぐったりしていた二人の目に飛び込んできたのは、朝の陽光に照らされる見慣れた城壁だった。遠くには魔境の森が見える。

どうやらブレイゼル家が治める街へと戻ってきたらしい。

ここまでずっと走り続けてきた狼がようやく足を止めたかと思うと、ぽいっ、と近くの地面に二人そろって放り投げられる。

「グルルルルル」

「「ひぃいいいっ!」」

『二度と我が主に手を出すな。次は嚙み殺す』

どういうわけか、二人の頭に、この恐ろしい魔物のものと思われる考えが伝わってきた。

ガクガクガクガクガクッ!

二人そろって必死に頭を縦に振りまくる。

『……約束したぞ』

満足したのか、巨大狼がゆっくりと踵を返す。

そうして二人に尻尾を向けると、また猛スピードで来た道を引き返していったのだった。

◇　◇　◇

「助かったよ、リル」

「あの程度、主のためならお安い御用だ」

はた迷惑な俺の両親を、フェンリルが無理やりおうちに連れて帰ってくれた。

しっかり脅してくれたみたいだし、これで当面はちょっかいを出してこないだろう。

「まぁ、あの両親のことだから、性懲《しょうこ》りもなくまた俺を連れ戻しにくる可能性は高いけど」

「いっそ殺してしまえばいいのでは？」

リルが物騒な提案をしてくるが、さすがにそういうわけにはいかない。

ちなみになぜブレイゼル家が俺の前世を認識していたのか、その秘密はすでに解明できている。

こっそり取り巻きの一人を拉致《らち》して、催眠魔法で聞き出したからだ。

どうやら聖女とやらの預言によるものらしい。まさかこんなことまで預言できるなんて、この時代にも侮れないやつがいるものだな。

「ともあれ、これで後顧《こうこ》の憂いはなくなったし……」

「なに？　この街を出るだと？」

冒険者ギルドのギルド長室に俺はやってきていた。

その目的は外でもない。しばらく拠点としていたこの都市を、近いうちに離れるつもりであることを伝えにきたのである。もちろんわざわざ報告する必要もないのだが、先日の一件で世話になったからな。

驚くギルド長アークの問いに、俺は頷く。

「うん。この街にいると、また実家のことで迷惑かけそうだしね」

「それは気にしなくてもいいと言っただろう？」

「もちろん、それだけじゃないんだ。実はついこの間、前世の僕がいた研究所的なところに行ってきたんだけど……そうしたら当時の危険な研究資料やアイテムなんかが、綺麗さっぱりなくなっちゃってってさ」

「大賢者の……？　まさか、そんな場所があったとは……」

やはりこの時代、大賢者の塔の存在はあまり知られていないようだ。

「どういう経緯でブレイゼル家に渡ったのかは分からないけど、この間の悪魔の憑代になってた魔剣も、前世の僕が作ったものだったんだ」

「なんだと？　大賢者というのは、魔剣まで作れるのか……？」

確か禁忌指定物の一つにしていたはずだ。

「ただ、あれはまだまだ危険度としては低い方で、もっと危険な魔剣が幾つもあったんだけど……それも全部どこかに行っちゃったみたい」

「あれよりも危険なものがあるだと……」

ギルド長は言葉を失う。

「だから各地を旅しながら、できるだけ回収していけたらなって。ちょうど飛空艇も手に入ったしね」

「……飛空艇？　というのはよく分からないが、そういうことなら是非もない！　むしろ一刻も早く見つけ出し、回収してもらいたいところだ……っ！」

上ずった声で理解を示してくれるギルド長。

なんか急に顔色が悪くなった様子だけど、大丈夫かな？

『マスターに危機感が乏しいだけかと』

「そもそもお前さんは冒険者なのだ。拠点を変えるのは自由。何人《なんぴと》たりとも、それを妨げることなどできはしない。無論、来る者も拒まぬ。機会があればいつでも戻ってきてくれ」

「ありがとう、ギルド長のおじちゃん。うん、また戻ってくるよ」

そうして部屋を出ようとしたところで、背後からぼやく声が聞こえてきた。

「……しかし、おじちゃんか……本当は俺の方が遥かに年下のはずだがな」


そうしてベガルティアの街に別れを告げ、俺たちは飛空艇で旅立つことに。

「師匠、次はどこに行く？」

「ここのダンジョンより稼げるような場所って、正直あまりないと思うけど」

「我は主が行くところならば、どこにでも付いていくつもりだ」

もちろんファナたちも一緒だ。

彼女たちの問いに、俺は「うーん」と思案する。

「この国を出ようとは思ってるけど、実はまだ特にこれと決めてるところはなくてさ。北に行くか南に行くか、それとも西か東か……でも、やっぱりまずは海からかな？」

「「「海？」」」

「そ。できるだけ暖かい方がいいね。となると、南の海かな～」

三人はなぜ海なのだろうという顔をしているが、そんなのは決まっている。


だって、そろそろ水着回が欲しいじゃんっ!!

青い海！　白い砂浜！　揺れる爆乳！　濡れる爆乳！　はみ出しそうな爆乳！　間違いなく最高だ！

大賢者の塔がある湖じゃ、泳ぐことなんてできなかったからな。

『……禁忌指定物を回収しに行くのではなかったのですか？』

リントヴルムが呆れているが、もちろんその目的も忘れてはいない。

だが何の当てもない今、どこを目指そうと行き当たる確率は同じだろう。

『それはそうですが……』

「というわけで、南の海に向かって、いざ、出発！　全速前進！　ヨーソローっ！」

おまけ短編　旅立ちの前に

ブレイゼル家とのひと騒動が解決した直後のこと。

Aランク冒険者のクリスが、また俺たちが泊っている宿に訪ねてきた。

「あ」

彼女の顔を見て、俺はあることを思い出す。

そういえば彼女、故郷の危機を知らされて、急いで帰領したんだったっけ。

「ええと、お姉ちゃん、いつこっちに戻ってきたの？」

「数日前だ。故郷に行ったはいいが、どういうわけかすでに異変が収まっていて、すぐに引き返してきたのだ」

「そ、そうなんだ……」

もちろん俺が解決したせいである。お陰で完全な無駄骨になってしまったようだ。すまん。

そのことを咎めにきた、というわけではないだろう。原因になっていたフェンリルを、俺が正気に戻したことを彼女が知るはずもない。

なので俺が謝るのも変だしな～、と思っていたら、なぜか突然、彼女の方から俺に謝罪してきた。

「すまなかった、レウス殿」

「え？」

「私の実家であるブレイゼル家が、大いに迷惑をかけてしまった」

詳しく聞いてみると、ベガルティアに戻ってきた後、彼女はどうやら先日の一件をこっそり見ていたらしい。

「お姉ちゃんが悪いわけじゃないでしょ」

「しかし、あの一団の中には私の父上もいたのだ。正直あまり会いたくはなく、私は隠れていたが……」

「そうなんだ。でも、それを言うなら僕の父親もいたわけだけどね。家のせいで迷惑を被っているという意味では、お姉ちゃんも同じだと思うよ」

「……ふふっ、なるほど、言われてみればそうかもしれないな」

何なら彼女の方がもっと大変だっただろう。今回のことで改めて思ったが、俺の生まれたブレイゼル家はやはりまともなところではない。

クリスが真っ当な性格をしているのが不思議なくらいである。

「それはそうと、彼女をどこかで見たことがある気がするのだが……？」

とそこで部屋の中にいたリルを見て、クリスが首を傾げた。

「はっ!?　まさか、あのときすれ違った……？　いや、さすがに気のせいか……」

「……？」

クリスはこのまましばらく、ベガルティアを拠点に冒険を続けるらしい。

「レウス殿は街を出てしまうのか……」

「うん。でもまたきっとどこかで会えるよ」

「そうだな。ぜひそのときを楽しみにしている」

最後に握手を交わしていると、リントヴルムが口を挟んできた。

『マスター、この娘は仲間にしないのですか？』

『するわけないだろ。ほら、よく見てみろ。胸が小さいだろ？』

『そろそろ世の女性という女性から呪われますよ？』

その後、俺は鍛冶師のゼタに会いにいった。

「この街を出てしまうだと!?　そんなっ……まだ師匠からは教わることがたくさんあるというのに……っ！」

ベガルティアを旅立つことを伝えると、彼女は大いに慌てだした。

「大丈夫。教えるべきことはもう全部教えたから。一人でも十分だよ」

「だが、まだまだ師匠のレベルには達していない！」

「そうだね。でも後はひたすら修行あるのみ。ゼタお姉ちゃんなら、きっとそのうち僕の域まで辿り着けると思うよ」

「師匠……」

「そうだ。最後に一つだけ。鍛冶技術向上のためのおまじないをしてあげるよ」

「おまじない……？」

「うん。大きく手を広げて」

「こうか？」

「じゃあ行くよ！」

俺はゼタの胸に飛び込むと、谷間に思い切り顔を埋め、その感触を堪能する。ぐへへへ……。

クリスの絶壁とは違い、なかなかのボリュームなのだ。鍛冶師でなければ仲間にしたいくらいである。

さらに俺はゼタの胸を揉みしだいた。

「こうやって身体にパワーを送るんだ」

「不思議なおまじないだな……？」

「でもこれできっと鍛冶師としてレベルアップできるよ！」

『そんなわけないでしょう。なに適当なこと言ってるんですか』

『信じれば効果があるんだよ。プラシーボ効果ってやつ』

『だったら別のものにすればいいのでは？』

『おいおい、そしたら胸を揉めないだろ』

『……やはりただ胸を揉みたいだけでしたか』

ゼタと別れた俺は、続いて冒険者ギルドに向かった。

「コレットはいるかな？」

コレットはボランテの街で知り合い、俺が魔力回路の治療法を授けた少女だ。

最近こっちに拠点を移して、日夜、冒険者たちの治療に精を出しているという。ギルド内に専用の施術室まで作ってもらっているそうだ。

「ええと、ここかな？」

部屋の中を覗いてみると、ちょうど施術が終わったばかりのようだった。

「ハァハァ……終わりましたっ！」

「これはっ……確かに、魔力が溢《あふ》れ出してくるようだ……っ！　ありがとう！」

感動した様子の男性冒険者が、何度も礼を言って施術室を出ていく。

「お姉ちゃん、順調みたいだね」

「あ、レウスくん！　ハァハァ」

「って、大丈夫、コレットお姉ちゃん？　なんか、すごく息が上がってるけど……」

「大丈夫。ちょっと興奮してるだけだから」

「こ、興奮……？」

しかし施術が終わったばかりだというのに、どうやらすぐに次の患者が来てしまうという。

「そんなに連続で大丈夫？　ちょっと休んだ方が……」

「ふふっ、心配は要らないよ。むしろ楽しんでやってるよ？　毎日充実してるし、それもこれもこの治療を教えてくれたレウスくんのお陰です！」

「そ、そう？　それならいいけど……」

「なんなら治療をしてない方が苦しくて。手足が震えてきて、汗が噴き出して、不安と焦燥に駆られて、酷いときには幻覚まで見えてきちゃうんです」

「なんかヤバいレベルの禁断症状が起こってる!?」

もはや施術依存症だ。

いや、この治療法が一般に知られていた前世でも、そんなもの聞いたことないが……。

「ええと、コレットお姉ちゃん、実は僕、またこの街を出ることにしたんだ」

「そうなんですね！　レウスくんならきっとどこでも活躍できるよ！　……あれ？　次の患者さん、まだ来ないのかな？　もう施術開始の時間、三分も過ぎちゃってるのに……ほんと、冒険者さんは時間にルーズな人が多いんだから……」

「……」

ベガルティアを去ると伝えたのに、この軽い反応である。どうやら俺のことなどより、よほど治療が大事らしい。

『最後にあの爆胸を堪能させてもらおうと思ったんだが……』
『残念でしたね笑』
俺はがっくり肩を落としながら、冒険者ギルドを後にしたのだった。

あとがき

こんにちは。作者の九頭七尾です。

なかなか続巻が出しにくい昨今の出版情勢の中ですが、こうして『生ま捨て』もシリーズの第三巻を刊行させていただくことができました。

これもひとえに読者の皆さまのお陰です。本当にありがとうございます。

そして前巻のあとがきで連載開始のご報告をさせていただいたコミカライズ版ですが、こちらも単行本が絶賛発売中です。

漫画家の遠田マリモ先生が頑張ってくださっているお陰で、十月に一巻が出たばかりなのに今月には二巻が発売されています。

刊行間隔はなんと三か月。

め、めちゃくちゃ速くないですか……？　週刊連載レベルでは？

このままだと、あっという間に原作の巻数が抜かれてしまいそうです（笑）。

しかも最高に面白い漫画に仕上げてくださっているので、こちらの方もぜひよろしくお願いします！

それでは恒例の謝辞です。

今回もイラストをご担当いただいた鍋島テツヒロ様、またまた素敵なイラストの数々、ありがとうございます。

担当編集さんをはじめとするアース・スターノベル編集部の皆様、および出版に当たりご尽力いただいた関係者の皆様にも、大変お世話になりました。

そして最後に、本作をお読みいただいた読者の皆さまに改めて心から感謝しつつ、今回のところはこの辺りで。

ありがとうございました！

九頭七尾

EARTH STAR NOVEL

生まれた直後に捨てられたけど、前世が大賢者だったので余裕で生きてます③

発行 ―――― 2023年1月16日　初版第1刷発行

著者 ―――― 九頭七尾

イラストレーター ―――― 鍋島テツヒロ

装丁デザイン ―――― 山上陽一（ARTEN）

発行者 ―――― 幕内和博

編集 ―――― 筒井さやか

発行所 ―――― 株式会社アース・スター エンターテイメント
〒141-0021　東京都品川区上大崎3-1-1
目黒セントラルスクエア　7F
TEL：03-5561-7630
FAX：03-5561-7632
https://www.es-novel.jp/

印刷・製本 ―――― 中央精版印刷株式会社

ISBN 978-4-8030-1739-7